尾張藩62万石の剣術道場主として活躍していた頃の赤松軍太夫（左）とその門弟。軍太夫の剛毅な人柄と非凡な剣の技は全国に聞こえ、幕末の錚々たる志士たちが倒幕のために軍太夫に協力を求めてきた。

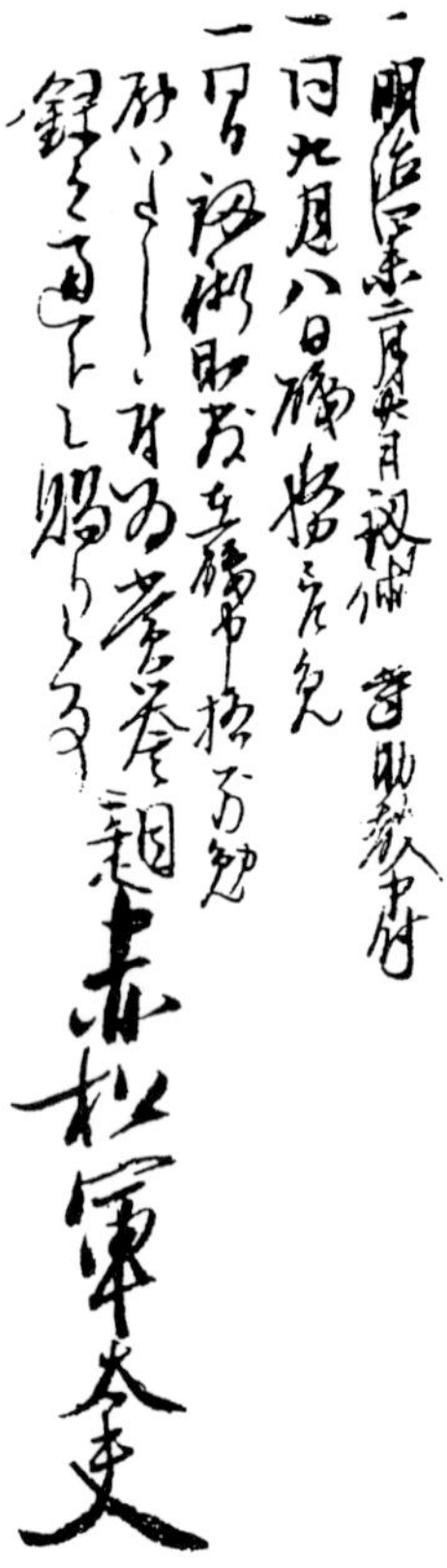

一、明治四未二月廿劔術等助教申付
一、同九月八日職務差免
一、同日劔術助教在職中格別勉
励いたし候付為賞誉目
録之通下し賜候事□□□　赤松軍太夫

明治5年4月5日、剣一筋の人生に幕を引いた軍太夫は、その前年に維新の論功行賞の栄に浴した。これは剣術助教として尾張藩士の育成に尽力した軍太夫が賞誉され、その品が与えられるという達書。軍太夫自ら同意、署名している。（蓬左文庫所蔵「藩士名寄」より）

小説　幕末の剣豪

赤松軍太夫

今東紅

文芸社

*扉の題字は赤松軍太夫の直筆

小説　幕末の剣豪　赤松軍太夫

目次

第一部

第二部

第一部

この物語の主人公である赤松軍太夫《あかまつぐんだゆう》、本名・細田辰蔵は、若狭国大飯《わかさのくにおおい》郡内浦村鎌倉（現・福井県大飯郡高浜町）において、天保の大飢饉の前年、天保辛卯《しんぼう》二年（一八三一）五月三日辰《たつ》の刻（午前八時頃）に生まれた。その刻限に因み、父治右衛門と母きくは我が子に辰蔵と名付けた。

辰蔵の兄は五歳上で、亥《い》の刻に生まれたので亥之助と名付けられたという。

辰蔵が生まれた五月は田植えどきの最中であるのに、毎日が冷えびえとした天候に田植えも危ぶまれていた。その二年前の文政己丑《きちゅう》十二年（一八二九）は瑞穂の大豊作であったのだが……。

天保期に入ると太陽を見ることはなかった。それでも内浦村の人達は田植えを終えていた。この細田家も田植えを終えてほっとしていた。

この頃、第十一代徳川家斉《いえなり》の時代に町民達の間で、お蔭参《かげまい》りというものが大流行して、お伊勢はお参りの人で大いに賑わった。

天保の大飢饉

辰蔵が生まれた年の稲作は例年の作柄を下回り、文政十二年の瑞穂の大豊作に比べたら雲泥《うんでい》の差であった。

治右衛門は妻きくに、

「のう、きくよ。こんな天気ではな、稲も大きにはならんの」

とあきらめたように言うと、

「そうですね、どんな年もあるわな」

ときくも相槌を打ったように言った。きくは辰蔵に母乳を飲ませていた。

年が明けて天保壬辰《じんしん》三年（一八三二）一月の初集会で村長《むらおさ》は、

「昨年は冷害で作柄も悪く皆さんも大変お困りのこととは思いますが、御上、藩から例年のごとく供出米の割り当てが来ております。ただし等外米については、いつもの通り比例され多く出すこととなります。このことについては説明するまでもありません。ところで昨年の出来高はよくなく、手持米は少ないですが、なるべく代米を使うようにとのことです。それで、このことについて意見があれば聞きたいのですが、ありませんか」

と意見を求めたが、「はい」と言って意見を言えば引き出されたりするので、誰も意見など言う者がない。しかし、昔から自分達の田だけでは食っていけないので、隠し田というのがあった。これらは見つかれば命懸けである。

享保十七年（一七三二）、天明三年（一七八三）、天保二年（一八三一）に起きた飢饉は、近世の最大飢饉と呼ばれる大飢饉で、なかでも天保期では数年間続きで起きている。

この年の田植え時期に大雨が降り続き、雲は低くたれこめ地熱は奪われ冷えて、なかなか種も芽を出さず、小雨から大雨となり、雨があがることはなかった。

他方では大川は洪水となり、百姓達はとても本業の百姓の経営がたたず、転業して大都市へと職を求めて村から出る者が多かった。

幕府や各藩は飢饉の対策に腐心した。だが内浦村では少しは米の代食（馬鈴薯、粟、稗《ひえ》）などがあった。

北陸、東北、関東あたりでは、何十日も大風雨が続いて米価は何倍にもはね上がった。八月になっても風雨は、いっこうにおさまらず、なお霖雨《りんう》が十日も続き東北では大洪水、流田、関東も大風雨に襲われた。幕府は人口の多い江戸・大坂・京都において町人達に藩米を出すよう命じた。

十月になり、収穫期になった内浦村では半分しかとれなかった。稲穂は実らず全てイカシ（実の入っていない穀粒）となった。稲を刈り入れても実のあるものは、うち続く雨で稲芽が出る有様であった。

『世事見聞録《せじけんぶんろく》』によると、作柄も平年に比して、東山道が五割九分弱、東海道は六割七分強、南海山陽が六割五分、西海道が六割五分、関八州五割強、奥羽三割五分強であると記されている。内浦村の人達は当面の隠し田の米や代用食でやっていけると言っている。

村の人達は、

「今年はひどい天気やったが、食うだけあれば、よいとせんならんわいな」

とみんなで慰め合っているようである。

「ほんまや、いつまでもこんな天気ばっかりやないやろ」

と治右衛門が言うと、

「そうやな」

とみんなが口々に慰め合っている。

「ほんまによう降るな……」

あとに続いて話す言葉もないようである。

「今年は役人が見にこなんだな」

「そうやな」

二人の百姓が空を見上げてそう言った。大粒の雨はやむことなく降っている。

幕府は人口の多い江戸・大坂の急難の対策に取り組み、九月になって幕府は各藩に江戸、大坂への米の積み出しを命じた。

秋の収穫期になっても決定的な打撃を受けた東北諸藩が最もひどく、南部藩では十五万五千石、秋田藩でも十八万石、八戸《はちのへ》一万一千三百五十三石の減収というのである。

天保癸巳《きし》四年（一八三三）いよいよこの年が天保大飢饉のはじまりである。仙台藩では平年八割の減作であったが、貯穀があるため百姓達や町人達にも餓死する者がなかった。

津軽や松前、山形、秋田の各藩には多くの餓死者が出た。

天保飢饉の「奥羽武蔵見聞書」によると秋の津軽の光景をつぎのように記している。
四、五日の間に米もなく代米もなく、多くの猫や犬を殺しても食うところがなかったという。
死人までも食い役人が来ると襲い殺して跡形もなく食いつぶしたという。

人は日々乞食のようになり、他国へ逃れ出る者も多かった。

各藩の手持米は町人百姓に一人一合五勺《しゃく》ずつ払い下げを行った。

南部藩の豪農の倉を襲い、米の強奪をはじめ、雨は降りつづき気温は寒く、八月になってもなお深刻になってきた。

もちろん米を藩外に出すことを禁じ、役人をおいて穀留《こくどめ》を行ったが、その役を勤める者も痩せ細って勤めもやっとという有様である。

天保甲午《こうご》五年（一八三四）、南部藩の豪商高島嘉右衛門の努力により肥後米を多量に移入することができ、領内の米価は下落して当面の危機を脱したという。

三年も続いた天災によって江戸の食糧不足は深刻なものであった。市中では打ちこわしが起こった。飢饉による社会への影響がめだちはじめた。

ところが地方から難民が江戸へと流れきて、日常の物価や、とくに米の価格は大変なもので、金を出しても米が手に入らなかった。凶作続きが大飢饉となり、江戸でも飢えや病気、行き倒れなどが多く見られた。

幕府は江戸市中の品川・板橋・千住・内藤新宿の四カ所に、お救い小屋を設け、行き倒れ、病人に食い物を与えた。それに町民の願いにより米を与えるが、一日がかりで二合の米を求める人が何千人と列をつらねたという。江戸ばかりではなく、大坂・京都でも打ちこわしがはじまった。

各村々にも米の徴発が起きた。大坂・京都の近郷の農村でも米はまったくなかった。徴発は、中国、九州、四国にまでも及んだ。東北の農村では二十戸しかなかった村が六百戸になった。

天保六年、七年、八年と続いた天保の大飢饉も一応終わりを告げた。第十一代将軍が亡くなり、第十二代の将軍に家慶《いえよし》がなった。天保丁酉《ていゆう》八年（一八三七）、大坂では民衆が蜂起した。農村地での百姓一揆、都市での打ちこわしが行われ、民衆は武士、町人の見境もなかったという。町人も刀を差して、まさにこの世は食うか食われるかの有様となった。

そこで大坂では世直しと称して、浪人共の集団の中にも町人侍が多くいた。大塩平八郎の乱。大塩平八郎は陽明学者（陽明学とは、中国明朝時代の哲学者王陽明が唱えた学説）で、大坂天満の与力であった。天保の飢饉のとき町奉行に救済策を上申したが聞き入れられず、同志と共に一揆を起こし豪商を襲って蜂起したが鎮定され大塩父子は自殺した。この乱が与えた社会的な衝撃は多大であった。大塩の著書に『洗心洞箚記』がある。

こうして天保大飢饉は一応、救われたかに見えたが、国内ではさらなる難題が待ち構えていた。それは飢饉により藩や人々が被った痛手が直らぬうちに、外国船が通商を求めてきたのである。

それはアメリカ通商人で、中国広東より来航したが、日本では異国船打払令のため、江戸湾を追われた異国船は鹿児島で砲撃を受けたため、マカオに退去した。この砲撃されたモリソン号事件を洋学者、渡辺崋山や高野長英らは批判し投獄されることとなった。世に言う蛮社の獄である。

天保戊戌《ぼじゅつ》九年（一八三八）、この年細田辰蔵は八歳になり、兄の亥之助は十三歳になっていた。

辰蔵は兄の亥之助と共に父治右衛門の農作業を手伝うようになって、母と四人の働き手であった。

この頃から辰蔵は竹棒を手にして、相変わらず振り回していた。農作業の合間を見ては棒を振り自分なりに剣術の練習に励んでいた。

兄の亥之助は温和で、いつも父と行動を共にしている子であった。辰蔵は兄の亥之助と異なり、農作業がないと人の見ていない杉森神社の境内の片隅で、ただ独り竹棒で剣術の練習を一日中続けていた。辰蔵の一日の過ごし方と言えば、そんな日が毎日であった。

辰蔵は、ただ漫然と棒を振り続けているのではなかった。技の一つ一つに迫力をつけて、打ち下ろす棒が次第にうなりを立てるまでになった。

父治右衛門が、

「辰蔵よ、よう飽かんことやなー」

と笑ってみせた。

この村にも天保通宝（天保六年に鋳造）が出回ってきた。村の人達は初めて見る大きな小判形のお金に目を丸くして見ていた。

天保の、長かった飢饉もなくなり、人々の暮らしもようやく元にもどったふうである。

天保己亥《きい》十年（一八三九）、辰蔵と兄亥之助の二人は父の仕事まで二人でやり、

「お前ら俺の仕事まで取り上げて、何もすることがなくなるで」

と父が言うと、亥之助はにっこり笑って、

「お父、少しは楽してくれ」

と答えると、

「亥之助、俺はそんな年やないで」

と父は母の顔を見て声を出して笑った。

二人の子は田の中に入って、てきぱきと仕事をしていた。すると家のほうから、「キャッ」と母の声が聞こえてきた。二人は田から上がって家のほうへと走って行った。辰蔵の

胸がさわいだ。兄は、ゆっくりと田から上がって家のほうへ歩いて行った。

辰蔵は飛び込むように家に入った。

父は荒縄で縛られ横になっている。母も荒縄でくくられようとしていた。

浪人者一人である。浪人は一刀だけ差して、顔はやつれ、身なりは乞食のようである。

浪人は辰蔵の顔を見ると睨みつけ刀を抜いた。辰蔵は日頃鍛えた腕前が今こそ役に立つと思った。辰蔵は表戸締のつっかい棒を手に取って正眼に構えた。

「辰蔵、危ないからやめよ！　辰蔵よ」

と父が叫ぶ。その刹那、浪人が打ち込んできた。

辰蔵はすばやく小手を打った。浪人は大刀をばたりと落とした。そのはず、浪人の手はぶらんと折れ下がっていた。

浪人は「うわぁ」と大声で泣いている。辰蔵は浪人の刀を手にし、父が縛られている縄を切った。

父は浪人の腕の介抱にあたった。腕に板をあて包帯をして首から吊ってやった。

「申しわけござらん。身共がこんなことをしたのも、空きっ腹のせいで、五日、六日飯らしい物を食っていないので、このようなことになり誠に申しわけござらん」

と浪人が平に謝ると、

「いやいや、人間誰でも、そのようなときには過ちのあるものですよ、気にしないで下さい」

と父は言い、母に目くばせした。母はすぐ立ち上がり飯の支度をして、「お粗末ですが」と浪人の前に膳を出した。

「このようなことをしていただき誠にかたじけない」

と浪人は頭を下げた。「御浪人さん、どこから来て、これからどこへ行かれます？」

と父が尋ねた。浪人は息するまもなく、大きな深呼吸をして、

「はい、身共は京都で飢饉のためすんでのところで餓死するところでござった。京では大変な餓死者の山で三条河原では何百人の死体があり、まるで地獄絵でござった」

と、話しながら涙を流して、なれない左手で飯を食っていた。

今このときの浪人の目はいきいきとした目であると、辰蔵の目には、そのように映った。

また浪人は、

「身共は若狭小浜というところに知人がいて、仕官の口になるやもしれんのです」

と言った。

「それは、それは、ようございました。おめでとうございます」

と父は頭を下げた。

浪人は「いや、いや」と頭に手をやって微笑した。

浪人は三度おかわりをして、「ところで」と辰蔵の方を向き、父に尋ねた。

「御主人、このお子さんは、剣術はどこで習われたかな」

「いや、これは別に習うというものではございません。我流ですよ、好きでやっているのです」

「いや、それにしては、よくできる。これは京で修業すると、大変上達しますぞ」

そんなことがあってから、辰蔵は今まで以上に剣術の練習をするようになった。

内浦地区は大飢饉のあと、田畑の荒廃した耕地の整備に毎日、懸命に取り組み、その作業は一年を要した。


天保辛丑《しんちゅう》十二年（一八四二）、幕府はアメリカ船モリソン号事件があってから、これからも外国船が来るであろうと予測して、大砲の鋳造と台場の建造を急がせた。

この頃、各藩は西洋式砲術の訓練を行うなど、大変忙しい時代であった。また、江戸・大坂・京の大都市では百姓に見切りをつけた人達が、口入れ屋に職を求めたため都市の人口がふくれあがった。

三年間続いた飢饉の傷跡は深かった。

辰蔵が十三歳となった春、大都市に百姓達が職を求めて来たものの、求めている者達を町役人が調べ元の農業に復帰させる。これを人返し法といった。この時代の法をつくった幕府も、外国艦のことと大飢饉のあとの処理で大忙しであった。

天保癸卯《きぼう》十四年（一八四三）、兄亥之助は十八歳、辰蔵十三歳のときである。

この年に内浦村一帯を荒らし回った五人組の博徒がいて、村中を歩き物乞いして言い方や態度が悪いと乱暴して金品を巻き上げるなど、悪業の数々したい放題であった。

村長《むらおさ》は村人に災いの起こらないようにと、博徒に村から出ていくよう願ったが、博徒達は村長を縛り木に吊るして、その下で火を燃やして村人に見せしめにした。

村の人達はこのままにしておけぬと人数を集め博徒達に立ち向かおうとしたが、そんな力のある者はいなかった。

辰蔵の父も刀の代わりに鎌を持って気勢をあげていた。父は我が子に怪我をさせまいと辰蔵に言わなかったが、村中が、異様に騒がしいので、辰蔵は兄の亥之助に聞いた。すると、亥之助は日頃剣術をしている辰蔵に、

「お前この難に村の人達を助けるときではないのか」

と言った。辰蔵は浪人に立ち向かったときのように、表戸のつっかい棒を手に持ち空を

切った。

辰蔵は、どんな理由があろうと村の人達を苦しめることは許さんと、

「兄《あん》やん、わし一人でやるから親を頼むぞ」

と博徒達がいるところへ駆けていった。

村人達は村長の身を案じて口々に博徒達に命乞いをしているところへ、十三歳になったばかりの子供が走りよって一人の博徒にいきなり胴切りした。博徒の一人は「ギャッ」と、肋骨が折れたのであろう、大声をたて倒れた。

他の四人は、その声を聞いて、刀を抜いて辰蔵に向かっていった。

辰蔵は博徒の刀をひらりとかわして、その一人に小手を打った。腕は音立てて折れた。村人らは心配そうに辰蔵を見守っていたが、二人目を倒すと「わー」と気勢をあげている。村人達は長い竹で博徒に殴りかかった。博徒らは大勢の村人らの竹棒で殴られ「いたたー」と、うずくまりながらも刀を振りまわしていた。

辰蔵はもう一人の博徒に走りより、足をはらった。ポンとにぶい音がした。博徒は「ギャッ」と獣のような声を出して倒れた。

村人達は「うわー」と歓声をあげ村長に駆け寄って木から下ろした。村人達はたがいに喜びの声をあげていた。村人達が辰蔵に気づいた頃には辰蔵の姿はそこにはなかった。

辰蔵が家に走り帰ったら、母と兄の亥之助がいた。母は辰蔵の身を案じて、辰蔵に「怪我はなかったか」と優しく声をかけた。辰蔵は「何もなかったよ」と一言ぽつんと言った。そんなことがあってから辰蔵の武勇伝は村中に知れわたった。村人達はいままで陰で変わり者のように思っていたが、このたびの働きに村長も辰蔵に感謝して一言礼を言いに来た。

辰蔵は家にいなかった。父は辰蔵がいつも稽古している宮に行き、辰蔵を家に連れ帰った。

村長は辰蔵に深々と丁寧に頭を下げた。辰蔵は極《きま》り悪くぺこっと頭を下げた。村長は辰蔵に向かい、

「辰蔵さん、このたびは大変お世話になりました。これは心ばかりのお礼です。どうか受け取って下され」

と紙包みを辰蔵の前に差し出した。

辰蔵は手を出さなかった。父は、

「辰蔵よ、村長様がせっかく下さったんや、有り難く頂戴しておけ。村長様、子供にまでこんなにして下さってありがとうございました」

と村長に頭を下げた。

「治右衛門さん、お礼を言うのはわしのほうですよ、辰蔵がいなかったら、このわしは今頃は博徒に、なぶり殺しにされていますよ」

と村長は微笑して治右衛門に頭を下げた。

「治右衛門さん、よい子を持たれ羨ましいですよ」

と帰り支度をしながら、父に頭を下げて「お世話になりました」と帰って行った。

村長が帰ると、辰蔵は紙包みを開いた。何か落ちた。チャリンと音をたてた。天保小判二枚が入っていた。辰蔵は別に喜ぶ顔も見せず、そばにいる兄亥之助に一枚渡した。兄は宙に浮くような喜びようである。辰蔵に礼を言った。

そんなことがあってから、辰蔵の噂は木津ノ庄（高浜）まで聞こえ、辰蔵の腕を見込んで口を掛けてくる人が四人、五人と鎌倉まで出向いて来た。

木津ノ庄では村の若者が集まると、この話で持ち切りであった。

「あのな、内浦の鎌倉で博徒が村を荒らし、村長を縛り木に吊るしたが、村の者達が手も足も出せなんだ。そこへ十三歳の子供が木の棒を持ち、ただ一人博徒の前にやってきて、次から次へと博徒の手や足肋骨まで、ポンポンとへし折ったんやって」

「へー、話半分に聞いても、そんな子供にそんな力が出るんやろかー」

「うん、たいしたもんやないか」

ほかの一人が、

「ほんまや、そんな子供の時から剣術を習うたら、やがては天下の剣術使いになるんやろになー」

木津から船に乗って丹後や小浜にまでそんな話が飛んで行った。

こんな話は早いもので、小浜藩主十二代酒井忠禄《ただとも》（後に京都所司代となる）が、この話を聞いて大いに勇気づけられ、辰蔵を召し抱えると言われたが、まだ元服もしていない子供のこと、しばらく見合わせることとなった。


天保癸卯《きぼう》十四年は終わり、次の年号は弘化甲辰《こうしん》元年（一八四四）と改められた（弘化の年号は五年だけ）。

その頃、オランダ国王から幕府に開国文を進言してきた。幕府は天保壬寅《じんいん》十三年（一八四二）、それまでの異国船打払令を廃止し薪水食料の給与を許可することになったが、時世が時世であると頭をかかえていた。フランス、アメリカから次々と異国船が来る。これをどうするか、結局長崎出島にオランダ国だけの出入りを許したが、しかも幕府では英語を話せるものは誰もいなかった。それは天保の六、七年頃に開国論者なる者を全て処刑してしまった後のことである。

ところが、アメリカは日本のことなら何でも知っていて、中国人で英語やオランダ語を話せる者を乗船させていた。このようにして幕府に通商を迫ってきた。幕府の者は長い鎖国政策をこの時ほど残念に思ったことはなかった。

イギリスは天保庚子《こうし》十一年（一八四〇）中国でアヘン戦争を起こした。イギリスのことだから、その戦争が終われば本腰を入れて日本に来るという話が伝わった。幕府はただうろたえるばかりで、その役は各藩に押し付け、他人《ひと》事のようにふるまっていたから、藩は次第に幕府の言うことを聞かなくなってきた。そして開国論者と鎖国論者との激しい攻防の時代を迎えることになった。

辰蔵の元服

年が明けて弘化丙午《へいご》三年（一八四六）、父の治右衛門は辰蔵に、正月に元服するからと言っていた。父は剃刀を持って、

「辰蔵ここに座れ。なあ辰蔵よ、今日からお前は元服するからにはもう一人前の大人として扱われるでな。どこへ行こうが、もう子供ではないぞ、悪い事、良い事をしても大人と

しての扱いになるんやでな。分かったな」
と父治右衛門は優しく言った。辰蔵は父の言葉に答えるように元気よく、「はい」と返事をした。

兄の亥之助はすでに元服してもう二十歳になっていた。

辰蔵の元服を終えた治右衛門が妻のきくに、

「なあきく、早いもんやのー、もう辰蔵が十五歳やで、わしも四十五歳になったんやな。お前、四十二歳やろ」

「そうね、あっと言うまやね」

と二人の会話であった。

ところで、この頃の人々の風俗といえば、百姓の子供の頭髪は束ねて後ろに垂らしていた。町人や武士の子は、中剃と言って〝カッパ〟の頭のようにして、両側の髪は髷《まげ》にして前髪を垂らしていた。これが少年期で、元服をすませると武士の子は前髪を落として大人と一緒で後ろにかき上げ髷を結った。町人の子は後ろで大髻《たぶさ》にして髷にしたのである。三日に一度頭を月代《さかやき》に剃刀で剃り上げる。町人の髪形は豆本田《まめほんだ》とか豆本多とか言った。

寒い冬なら、辰蔵がほおかぶりしていても村人達は別に不思議には思わないが、暑くな

ってからも手拭をかぶっていた辰蔵を見て、

「辰蔵さん、暑いのに手拭を取んなよ」

と、村人達はひやかすように言った。辰蔵はそれほど恥ずかしがりやであった。

辰蔵の剣術の稽古熱心は雨風雪以外に休むことはなかった。

辰蔵は今年から木刀を作っての練習の毎日で、休む間も惜しんで練習に励み、子供らしさはみじんもなかった。夜は部屋にこもって、足の運び、前進、後退、右、左の体のかわし方、敵の打ち込みから自分を守る体勢を考え、さらに真剣の構えを自分なりに研究、それは流派にとらわれない独自の研究であった。

ある晴れた日のことである。まだ三月だが青葉山と日本海から吹きつける北風は肌寒い。辰蔵は一心に剣術に情熱をかたむけ、鋭い気合いで前進後退、右、左に飛んで身のかわし、木刀のひと振りに唸りを立てていた。

さきほどから木の陰で、辰蔵の修業を見ていた一人の僧がいた。が、見るからに僧ではない面構えである。

僧は「うん、なかなかやりおるわい」と微笑して見ていた。その僧はしばらく見ていると、何流でもない変わった剣法であることに気がついた。僧は少年に近づいた。辰蔵は、さきほどから人気があるのに気づいていた。近づいて来る僧の足に木刀をはらった。しかし、その僧は普通の僧ではなかった。ひらりと飛びはねて辰蔵の頭に杖を振り下ろすが早いか、辰蔵の木刀がその杖をはらった。杖は宙に飛んだ。

「お見事！」

と僧は言って少年の顔を見ていた。そして、

「お前の名は何と言うのか」

と聞いた。

少年辰蔵は、

「はい、私は細田辰蔵と申します」

と答えた。

「うん、そうか、いい名だ、それに強そうな名だ、誰だ師は」

「はい、師はありません、独りでやっています」

「うん、えらい。その方の剣は冴えている。心に迷いなど全くない。剣を学ぶ者は新陰流や神妙剣流などのいずれかの流派に入り修業している。お前も師により教えを乞うがよい。京にわしが知った師がいる。そこに行って稽古をするがよいぞ。時代がこのように乱れている。その方は若いんだ。これから国に役立つ人物になるがよいぞ」

と僧は言うや、懐中から二両の金子を取り出し、紙と矢立の筆で、何かすらすらと紙に

書くと、

「この手紙を持って行くがよい」

と差し出した。辰蔵は素直に受け取って頭を下げた。

「有り難うございます」

と礼を述べると、僧をじっと見ていた。僧は踵を返して再び旅へと立とうとした。

「御聖人様の御名をお教え下さい」

「うん、わしは僧ではないのだ。僧に化けているだけだ」

と笑った。

「御聖人様は、いずれの剣を学ばれたのですか？」

辰蔵はとても少年とは思えないほどしっかりした言葉遣いである。

僧は何か子細があるような顔をしている。しばらく答えなかったが、

「うん、わしも五年前は柳生新陰流の師範をしていたが、道場で自分の子供を木刀で殺してしまった。それから頭を丸めて道鈍と名乗って諸国を渡り歩いているのだよ」

道鈍と名乗った僧は、身の上話を少年にした。辰蔵は両手を合わせて僧を拝んだ。

「有り難う。それから、京に行ったら山形進之助と言えばすぐ分かる。それがわしの弟だからな。行くがよいぞ」

辰蔵はその手紙を伏し拝むと、もうそこには僧の姿はなかった。

京の夢

辰蔵は父母に京に行くことを願い出た。

「お父《とう》、お母《かあ》、俺を京にやらしてくれんか」

と座り直してあらためて頭を下げた。夕飯が終わってから辰蔵が思い切って両親に頼んだ。

「辰蔵、お前がそう決めたんやったら、一生懸命やるがよいぞ。ただしだよ、今、京では群れをなして気勢をあげることだけは、せんことや。それと辰蔵、剣の道ばっかりではだめやぞ。学問もだいじやでな。身を大切にせいよ。それから人とは仲よくするんだ。どんなことがあっても腹を立てるな。よいな、それからな……」

と言うと、父は餞別として一両差し出した。辰蔵は涙を流し、

「お父、お母、おおきに」

「辰蔵、気をつけてな。家のことは何も考えでもよい。お前の身を気をつけるんやで」

と、お母は涙声であった。

お父は、その日村長に辰蔵の出国届けを出した。

旅立つ日は、よい天気であった。辰蔵は近所の人達にも、

「お父、お母を頼みます」

と一軒一軒別れの挨拶をして回った。

朝の六ツ過ぎ（七時頃）、辰蔵は生まれて初めての旅である。

道中、見る物は珍しいものばかりである。辰蔵は身も心も軽くなった。あんな田舎から解放されたが、なんの不安もなかった。歩いていても、ただ剣のことばかりを考えていた。希望に燃えていた。

丹後浜（東舞鶴）を通り抜け、田辺城（弓の木城）が見えるところまで来ると、どこからかいい匂いが鼻をかすめたかと思うと、腹の虫が鳴った。

このあたりには茶屋や何軒かの店がならんでいた。辰蔵は茶屋に立ち寄り、「蕎《そ》《ば》を頼みます」と声をかけると、外の床几《しょうぎ》に腰をかけた。辰蔵の目は遠くの田辺の城を見ていた。辰蔵は城を見るのが初めてである。すぐに茶店の女が蕎を持って来て「お待ちどうさん」と言った。辰蔵の腹は鳴りっぱなしである。早速かぶりついた。ところが器の中に何か映った。上の簾《すだれ》のひさしから蜘蛛《くも》が下りてくるのが見えた。

辰蔵は咄嗟に身をかわして、何事もなかったようにまた蕎を食っている。さきほどから、

その少年の仕草《しぐさ》をじっと見ていた若侍は、茶を飲みながら辰蔵から目を放さなかった。

百姓の子供のようではあるが、見なりは丸腰である。その若侍はしばらく考えていたが、辰蔵が蕎を食い終わり、近づいてみると、その少年の身の構えが、尋常ではない。

「その方の名は何と申す」

と若侍が尋ねた。

「はい、私の名は細田辰蔵と言います。年は十八歳になりました」

「して、その方これからどこへ行くのかな」

「私は京へ人を尋ねてまいりますが、お侍様は京の山形進之助様という方ともしや、お知り合いではございませんか」

若侍は驚いた。自分の行き先を知っているような、少年の言い方である。

「なに、山形様とな。してその方、山形様を知っているのか」

「はい、私はその方を尋ねてまいるのでございます」

と言ったところ、その若侍は驚いた顔をしていた。それもそのはず、その侍の師にあたる人の名をかたるとは、若侍はその少年がだいぶ剣に覚えがある者であろう、と思った。

「お侍様、お名前はなんと言われます?」

「身共は小野源次郎（この男、後に海軍大佐となる）と申す。年は二十六歳である。それでは細田とやら、身共と一緒にまいろうか」

「はい、お願いします」

「うん、まあ歩きながら、これからのことを説明しよう」

丹波和知まで来ると、日は傾いていた。

「細田」

「はい」

「ここで宿にするか」

「はい」

辰蔵は宿に泊まるのは初めてであるが、小野がいるからあまり気をもむことはなかった。

小野は道場に入門してからの教訓や、それに道場内の躾などを教えた。辰蔵はたとえ道場に入っても、まごつくこともないと思い、いい人に巡り合えたと喜んだ。小野は女中に酒を頼み、二人は風呂に入った。宿の近くに大きな川が流れている。

風呂から上がり二人は膳の前に座った。この川は由良川で上流は鮎が多くとれると、女中が話していた。辰蔵は川魚は初めてだが、うまそうな匂いなので一口食ってみた。「うまい」と言った。二人は舌鼓《したつづみ》を打ちながら、夜遅くまで道場の話にまで話が弾んだ。

あくる日もよい天気で、旅は順調に進み京の町に入った。辰蔵は目を丸くした。こんな大きな町を見たのは初めてであり、辰蔵は子供の頃からふるさとの鎌倉以外に外に出たことがない。近くの木津ノ庄（高浜）の町すら見たことがなかったのである。京での見る物みんな驚きの目で見ていた。たどり着いた道場らしき立派な門構えには、門札に新陰流京都道場と筆太で鮮やかに書いてある。

「小野様ここですね」

「そうだ」

辰蔵は身が引き締まるのを覚えた。小野源次郎の案内で道場内に入ると、稽古は終わっていたが全員帰らずに残って場内の両側に全部で五十人はいるであろうか、座していた。正面には道場主の山形進之助先生が座っていた。

小野が正面に出、道場主に無事帰ったことを報告していた。小野の後ろに丸腰の辰蔵がいた。山形は小野に、

「小野、大儀であった。してその方の後ろにいる者は、なんだ」

「はい、この少年は若狭と丹後の国境の小村にいた細田辰蔵という者。道鈍先生の目に止まった者で、年は十八歳ながら、なかなかの使い手だそうです。この少年に聞きますと、道鈍先生の手紙を所持しているらしいです」

と小野が言った。

「うん、さようか、どれ」

と山形は辰蔵に差し出された書状を開けて読むと、辰蔵の顔を見て、

「よし分かった、小野さがって休むがよい」

山形は全員に向かって、

「皆の者、ここにいる少年は、まれに見る剣の使い手であるそうな。そこでだ、誰か手はじめに教えるつもりで相手をしてやってくれ」

と説明するや、起き上がった小野に、

「小野、誰がよいかな?」

山形が声をかけると、

「はい、下座から十番めに座っている吉村一平ではどうでしょうか」

と、小野は答えた。

吉村は二十二、三歳ぐらいであろうか。「はい」と吉村が立ち上がると、両者に木刀が渡された。両者は真ん中に進み正面の山形に頭を下げた。

「細田とやら遠慮はいらぬ。十分に打つがよい」

と吉村に言われた辰蔵が木刀を一回振った。その風を切った音が並の音ではない。

辰蔵は「はい」と答え、剣先をまじえ正眼に構える。

吉村が「子供が……」と思いつつ打ち込んできたところを、辰蔵は素早く胴を打った。その業の早いこと並の剣ではない。筆頭あたりの剣である。山形は、

「よし、それまで。小野、どうだ、見たか。なかなかの者だの。つぎは中村」

と、山形はつぎに中村を呼んだ。この中村は上から十番ほどにいる。吉村より五つほど若いが腕が立つ。

中村は「はい」と元気に返事をした。

そこでも辰蔵が木刀を振った。前の音よりなおいっそう冴え、響く音である。小野は山形の顔を見た。山形も微笑した。両者、山形に一礼し木刀をまじえた。

こんどは辰蔵が「小手ッ」と打った。

「それまで。今日はこれまでにする」

「小野、これは大した者をつれてきたの」

山形が小野に言うと、小野は首をかしげ、自分の存在が危くなるのではと不安に思った。

小野は「はい、そのようで」と言ったが、他人事ではない。不安がいつまでも抜けなかった。山形は、この分でいけば、辰蔵は十日で筆頭になるのではと思った。道場随一の使い手となるやもしれぬ。小野も心配であった。

「私もうかうかしてはおれませんな」

「そうだな」

小野と山形の二人は奥の間に入って話をした。

一方、辰蔵は道場に誰一人いないところで声を出さずに独りで練習をしていた。辰蔵は住み込み人でただ一人である。辰蔵は明け六ツ（六時頃）に起き、広い道場を一人で拭き掃除を終えて、表を箒で木の葉などはいていた。すると六ツ半（七時頃）になる頃にはみんな出て来た。辰の刻（八時頃）に稽古が始まるからである。それまでは何もすることがなかった。

辰蔵は十日目に山形道場主に京都道場への他流試合を申し入れた。山形は辰蔵の願いを心よく聞きいれた。紹介された道場では天才の剣だと、その名を高めた。

江戸に萌える

嘉永辛亥《しんがい》四年（一八五一）、辰蔵は山形先生に江戸に行くことを願い出た。

「細田、お前が江戸に行くのであれば赤松道場を訪ねるがよい。江戸には二十近く大道場がある。お前の好きにするがよいが、まず赤松に立ち寄ってからにするがよいぞ。それにあらかじめ用意しておいたから、これを見てくれ」

と山形は辰蔵の前に大小の刀と衣服と金子十両もそえて辰蔵に出した。

「先生、こんなにしていただいて、このご恩をどうしてお返ししたら……」

と辰蔵は平伏して涙を拭いていた。

「細田、お前が来てくれて、どれだけ励みになったかしれんよ。細田、わしのほうから礼を申す」

「いいえ先生」

辰蔵は畳に手をついて大声を出して泣いた。

辰蔵はみんなに別れを告げた。

辰蔵の頭は武士の髷《まげ》に結われていた。生まれてはじめて大小の刀を腰につけ、鉄扇を持ち袴までつけた。完全なる剣客者である。辰蔵は道場主山形先生、小野や門徒に見送られた。

辰蔵は山形道場や各々の道場を渡り稽古して約三年、辰蔵は二十一歳になっていた。

辰蔵の出立の日はよく晴れ、五月風も心地よく吹いている。

辰蔵は大津まで来ると田の中で大勢の人が作業していた。ああ、もう田植えの季節だなと思うと同時に故郷の棚田を思い出していた。茶屋に入り、父母と兄のことを思い出し、みんな健在でいるだろうかと、あのふるさとの棚田の上から見る内浦港の眺めは美しく、心が和む風景であった、と思うのだった。

「お武家様はどちらに行かれますか？」

と茶屋の爺さんが尋ねると、

「うん、私は江戸までまいるが、何か」

辰蔵がはじめて侍《さむらい》言葉を使った。

「はい、この先の草津の町に悪い浪人の集まりがありますのでお気をつけなさいよ」

「さようか、有り難う。そんなに悪い浪人がいるのか、あい分かった」

それから茶屋を出て草津の関所に入った。関所では、百姓、町人は別の所で役人の調べを受けていた。辰蔵は武士であるので、関所のすぐの所で名前と用向きを聞かれた。辰蔵は役人の前まで来て、

「お役目ご苦労でござる」

と声をかけると、役人は「はい」と返事をした。役人は辰蔵の顔を見ると、あまりにも若い武士であるのでちょっと疑いを持った。

「お貴殿、どちらへ行かれる？　それに何か書状をお持ちでござるか」

「はい、ちょっとお待ちを」

と懐中から赤松道場宛の紹介状を見せた。受け取った役人は、「はい、ちょっと拝見」と書状を見ていると、

「はい、分かり申した。貴殿兵法者でござったか」

「はい」

「失礼いたした。どうぞお通り下さい」

「いや、お手数をおかけ申した」

と辰蔵は一礼して歩き出した。三里ほど行くと草津の町に入った。

茶屋の主人が言った通り、辰蔵はなんだか町の様子が変であることを直感した。草津の町並の中ほどまで来ると浪人達が、ぞろぞろと辰蔵を取り巻いた。

「その方どこへ行くんだ」

と懐手をした浪人が言った。後ろの者達も、人相のよくない者ばかり、爪楊枝をくわえた一人の浪人が、

「どこへ行くんだと聞いているんだ。聞こえんのか」

声を荒げた。

「お前達に何故身共が答えなければならんのだ。お前達は強請《ゆすり》か」

と辰蔵が言うと、

「なにッ、ほざいたな」

と浪人の一番人相の悪いのが刀を抜いて、辰蔵に斬りかかってきた。辰蔵は身をかわして、早くも刀を抜いて峰打ちで小手を打ち込んだ。浪人の右腕が、にぶい音をたてポンとなった。打たれた浪人は刀を落とし「うわっ」と大声たてたかと思うと、腕がぶらりと下がった。浪人は、しゃがみ込んで大声で泣いた。

町人達の五十人はいるだろうか。手をたたいて「やっつけろ、町のダニめ」と大声を出している。

次々と右手を折られた五、六人の浪人達はみんな刀を落としていた。辰蔵は、この浪人共が二度と刀を持てないようにとの考えからであった。

町人達が集まった。旅の人達も百人ぐらいはいるだろう。一人二人と浪人達が倒れるごとに町人達が笑った。長い間、彼らはこの町のダニであった。代官所も知らぬ顔で今日まできていた。言わば辰蔵が大掃除したことになる。

辰蔵は刀を鞘におさめると、道を急いだ。四日市手前まで来ると日は暮れた。むりをして四日市まで入った。

宿に入って、落ち着いた頃に女中が膳を持って来た。

「御武家様どちらへ行かれます」

「うん、江戸までまいる」

「さようでございますか」

女中達が暇そうなのを知って、

「お女中この四日市のことを教えてくれぬか」

「はい」と気軽に返事してくれた。辰蔵は酒を飲みながら微笑した。

「この四日市は幕府領でございます。東海道五十三次のうちの幕府領は三十八カ所の領地です。この四日市には北市場や南市場がありまして、それで四日市となったそうです。港は十里の船場で賑わっています。それからこの四日市は幕府道中奉行が船賃を定めています。旅籠屋も九十八軒ありまして、東海道筋では四番目に多い所と知られています。それに、名所では諏訪神社がありまして祭礼には豪華な山車《だし》が多くあります」

女中の説明を、辰蔵はただだまって聞き、飲んで食っていた。膳には飯のおかずがなくなっていた。女中の話は続く。

「それにもう少し行きますと、幕府領信楽代官所もあります。ここは水がよろしいので、おいしいお酒がたくさんつくられます」

女中は、やっと膳の上に気がついて、

「御武家様、膳がさびしいですね」

「うむ、何か持って来てくれ。それに酒を、もう二本な」

「はい」

と、女中はその場を立っていった。


ここで、当時の旅に要する費用について紹介しておきたい。

東海道を京都三条から江戸日本橋まで百二十五里二丁（ただし、西は大津から東は品川まで）
○一両は六千文（六貫）。毎日十里（四十キロ）歩くと十五日かかる。
○道中、男の場合三日に一度は髷と頭を半月形に剃り、それに宿代、草鞋《わらじ》代百二十文かかるが、これが片道費用である。
○一日の費用は、あれこれと見物して、名物を食べたりすると三百文。十五日で一両～二両ということになる。
○大井川の川越《かわごし》金は、水の深さによりその日の渡り値段が決まる。本日は四十八文でございと締太鼓《しめだいこ》がたたかれる。川越は勝手に渡ることはできない。それができるのは乗馬の侍と関取だけ。
川越の値段、股通水の肩車で四十八文、一文を十六円で換算すると七百五十円。帯下通水で五十二文、五十八文、乳通水七十八文、脇通水で九十四文である。当時の白米で一升が四十文、酒一升が八十八文である。川越で得た金は全部幕府に納められる。

○川越人足には少々御法度があるが、取締りの役人も大目に見ていた。

○川越人足共による女人の肩車はとくに御法度とし、渡し台にかぎるとした。渡し台には、安い平連台（手すりのない物）、半高欄、高欄台、川方持の四種があった。

○嘉永年間（一八四八〜五四）人口は日本全土で三千万人。

（以上、『東海道五十三次記』による）

女中は別の一人前造りの膳を持って来た。辰蔵は、女中の面白い話に笑いながら酒を飲んでいた。その時ばかりは、よく飲んだ。

辰蔵は明け六ツ（六時頃）に起き旅仕度をして宿を後に先を急いだ。桑名、宮、鳴海、知立、それから五里ほど行くと岡崎に入る。関所が見えて来た。岡崎は徳川家康の生誕の地である。

すぐに藤川―赤坂―御油―吉田―二川―白須賀に入った。東海道には名所、名物が多くあり、ここの柏餅は有名である。かつて豊臣秀吉が小田原攻めに出陣する際、立ち寄った茶店の蘇鉄餡《そてつあん》があるという情報が名物案内に載っていた。辰蔵はここで宿をとることにしようと決めた。辰蔵が好きな物と言えば餅で、餅には目がなかったのである。

江戸までの道のりはまだまだ遠い。辰蔵は名物などに溺れて、江戸行きをかまけることがあっては、この地に埋れてしまうと思い、明け六ツ（六時頃）宿を出た。今日も良い天気に恵まれ、あたりは花もほころび、人の気持ちも和んでくる。

次第に人の往来も多くなってくる。さすが東海道である。二里までくると新居の関所、そこではなんの調べもなく過ぎる。袋井は松の並木道でなかなかの景観である。ここは鰻とスッポンが有名な所で、この地で足を止める人が多い。辰蔵にも神社の森であろうか、うっそうと茂った木が見えてきた。その神社の近くまで来ると、「キャッ」という女の悲鳴が聞こえてきた。

辰蔵は、その声のするほうに駆けていった。そこには駕籠《かご》と駕籠屋が持つ棒があった。さらに辰蔵はその棒を持って走った。すると大きな木の下で、二人の駕籠屋が一人の娘を手ごめにしている。娘は泣き叫んでいる。辰蔵は娘に股乗りになっている雲助を見るや、「この野郎」と棒で頭を一撃した。「あい、てて」と、もんどりうった雲助。もう一人は娘の両手と頭を押さえている。「こいつ」と叫ぶや、ガンと頭に一撃。「うわっ」と、もう一人がもんどりうった。

辰蔵は、もう少し遅かったら、と思いつつ娘の手を引いて起こしてやった。この娘、武家の娘らしい。

「何事もなかったか?」

「はい、危ないところをお助け下さいまして」

と、極《きま》り悪く礼をのべた。

「娘ご、どちらまで行かれる」

「はい、私は掛川まで帰るところでした」

「さようか、私は江戸までまいるところです。道筋は一緒ですからな」

「どうもすみません、助けていただいて……」

「誰にでも油断があるものです」

「私はすぐ近くが掛川ですので、急いだのが悪かったのですね」

「これからもあることです、気をつけて下さいよ」

二人は掛川の武家屋敷までくると、

「私の家はここです。何もできませんが、お茶などどうぞ。さあさ」

と娘が辰蔵を後ろから押した。

屋敷に案内された、辰蔵は気が進まなかったが気を静めて、

「造作《ぞうさ》かけて相すまぬ」

と言うと、

「いえ、いえどうぞ」

と娘は辰蔵を部屋に通した。家老侍が六、七人いた。

しばらくすると、この家の主人が顔を出し、

「娘が大変危いところを助けて下され、お礼申す」

と頭を下げ礼をのべた。

「私は掛川藩の家老前川長勝でござる」

辰蔵はちょっと緊張して、

「私は細田辰蔵と申す者。武者修業中で京都に三年いましたが、このたび江戸での修業に参るところでございます」

「それは大変でござるな、まずは上の物を脱がれよ、ゆっくりなされ。旅の疲れが取れ申さん。ささ」

辰蔵はそれではと、刀を抜き上の物も脱いだ。

外は日が西に傾き、だいぶあたりが暗くなってきた。女中達が明かりを持って来た。辰蔵はこれが掛川藩六万八千六百石の家老屋敷かと、キョロキョロしていると、家老の前川

が娘達を呼びに行き、前川の後ろから娘二人が美しく着飾って入って来た。さらにその後ろから女中の五、六人が膳や酒を持って入って来た。

「細田殿、なにもござらぬが、今宵はゆっくりと娘達の話し相手になって下され」

「前川様こんなにまで、していただいて、申しわけござりません」

「なんの、なんの。娘の命の恩人でござる。ささどうぞ、これ」

と家老の前川は娘達に目くばせした。妹が辰蔵の前に進み、

「危ないところ、有り難うございました。私は妹の里でございます」

と言うと、辰蔵が、

「なんの、言うて下さるな」

とちょっと照れて言った。

前川はにっこりした。その後ろから、

「私が姉の綾でございます。妹が危ないところ、有り難うございました、どうぞ」

と姉が酒を勧めた。

「ところで細田殿、江戸のどちらへまいられる」

「はい、まず赤松道場から、できれば江戸中を三年の間で回り、それから長崎へ行って医学、蘭学も学びたいと思っております」

「さようでござるか」

前川はできれば、この男を自分のところに止めたいと思って言おうとするが、言葉にならない。前川はいらいらしながら座っていても手先だけがよけいに動いていた。前川は悩んだ。落ち着かない。

綾と里が代わる代わる酒をついだ。辰蔵も「綾殿、里殿、受けて下され」と二人に注いだ。二人は真っ赤になっていた。

「これこれ、そんなに飲んで、細田殿この姉の綾が剣術が好きで……」

と前川が綾をたしなめると、

「お父様ったら、言わないで」

と綾が赤くなった顔で父を睨みつけた。父も辰蔵も笑った。

「細田殿、誠に申しわけないが、明日にでも手合わせをやってくれませんか」

「よく分かりました」

「細田様、父の無理を誠に申しわけございません」

綾が詫びると、

「いやいや遠慮には及びません」

と遅くまで話していた。

明くる朝、朝食を終えて、辰蔵と綾が庭に出た。辰蔵が空を見ると今日もいい天気である。二人は木刀を持って、前川に一礼して、たがいに木刀を合わせた。その剣先がやはり女である。

綾は「やあー」と甲高《かんだか》い声で打ち込んできた。辰蔵は体をかわして胴を打った。辰蔵は綾の太刀を見抜いていた。続いて綾が打ち込んできたが、小手を打った。「新陰流と言われたが、そうではない。こうでしょうが」と辰蔵が構えて見せた。

「綾殿、ただ打ち込むだけではだめですぞ、相手の目を見て、どんな身のこなしをするかを知ることですぞ」

と綾に注意した。

「綾殿、あまり考えすぎると剣が鈍《にぶ》ってしまうから、木刀を合わせたときにそこで直感的に察しなければならぬ」

もう一度木刀を合わせた、綾はちょっと考えているのであろう。打ってこない。一息ついたかと思うと辰蔵は先に綾の剣先を巻き上げた。木刀は高く舞い上がった。

「綾殿、手に力が入り過ぎる。木刀の出し方、柄尻《つか》と自分の胴の間隔はこれぐらいですぞ」

手を取って教えた。前川も綾も感服した。こうして昼時まで二人は稽古で汗を流した。

辰蔵は前川親子に別れを告げた。

「大変お世話になりました」

と辰蔵が挨拶をすると、前川が昨夜書いたのであろう。赤松刑部太夫殿と書いた書状を手渡してくれた。

「前川様、赤松様を知っておられましたか」

前川は微笑して、

「うん、赤松殿とは友人でな、昔よく飲んで話したものだよ」

「そうでしたか」

と、その書状を手にし一礼して、屋敷を出ると江戸への道を急いだ。

一里ほど行くと日坂の関所があり、そこを通り金谷まで来ると大井川である。

この頃の天気で雨量が少なく川の渡し値段は股通水である。肩車で四十八文である。大井川に橋を架けないのは、幕府の収入となるので橋を架けなかったという説もある。

大井川を渡り、嶋田―藤枝―岡部―丸子（鞠子《まりこ》）まで来ると日が暮れた。ここまで来ると江戸も近い。もう慌てることもあるまい、と宿の風呂にゆっくりと入っていると、旅の者であろう大井川の歌をうたっている。なかなか歌いなれているらしい。風呂を上がり、部屋に入ると膳が運ばれて来た。膳の上を見ると鮎づくめである。

辰蔵が故郷鎌倉を出て丹波和知で小野源次郎と一緒に膳を取り、鮎づくめの膳で話し合ったことを思い出していた。

「御女中、この鮎はどこで獲れた鮎かな」

「はい、この丸子の町はずれの安倍川で獲れたのです。いつもたくさん獲れるのです、お客様、鮎は嫌いですか」

「いや、身共に嫌いなものはない。うまいよ」

「はい、よろしゅうございました」

「お酒は、もう二本もらおうか」

「はい、かしこまりました」

と女中が立っていった。

辰蔵がのんびりと酒を飲んでいると、隣の部屋が急に騒々しくなってきた。その話を聞いていると、どうも浪人達のようで、よほど耳の悪い者ばかりにちがいない。大きな声である。外国船がどうの、国の護りがどうのと言っているところをみると、京の治安のために京へ行く浪人達であろう。こんどは歌をうたいだした。

辰蔵は、ふと故郷の父の言葉を思い出した。

「辰蔵よ、お前は群衆の中で気勢をあげるでないぞ、分かったか。それにみんなと仲良く、そして腹を立てるなよ。分かったな」

と言われたことを……。辰蔵は涙を流して酒を飲んでいた。隣の浪人は四、五人はいるであろうか、飲むほどに賑やかである。そこへ女中が酒二本持って来た。

「人の迷惑も考えずに、ほんとうにうるさいですね。辛抱して下さいね」

女中が小さな声で言った。

「別にかまわんよ」

辰蔵が、夕飯も終わって横になって、しばらくすると、隣の浪人達は急に静かになった。外出したのであろうか。辰蔵は酒と旅の疲れで寝込んでしまった。

夜が明けて、隣の浪人共の声がない。変だなあと思いながら旅支度を整えていると、

「お侍さん、昨夜は大変迷惑をかけました」

振り返ってみると、昨夜の女中である。辰蔵は別に気にもとめなかったような顔で「いや」と言った。

「お侍さん、昨夜の四、五人の浪人さんが安倍川の土手で喧嘩をしなさって五人共切られなさったそうです」

「さようか」

「それに相手の侍さんは一人ですって」

「さようか」

と辰蔵は感心するでなく、どうでもいいような返事をしたものの、内心誰だろうと考えていた。

「それでは、お女中世話になり申した」

とぺこりと頭を下げげた。

女中が「昨夜の浪人さんに酒代を踏み倒されました」

と、辰蔵が刀を腰に差そうとしていたところへ女中が言った。

「そうか、それは、お困りであろう。身共が払ってしんぜよう」

「それはなりません」

すると、奥から主人が出て来て、

「お侍さん、それはなりません」

と言った。

「いやかまわん、取っておくように」

と辰蔵は懐中から一両出して畳の上に置いた。

「そうですか、有り難うございました」

と主人は頭を深々と下げた。

辰蔵は宿を後にしても、昨夜の浪人どもを斬った者は誰であろうか、と歩きながら考えていた。安倍川橋を渡り、府中—江尻—興津《おきつ》—由比—蒲原—吉原—原まで来た。茶屋で休んで行こうか、それとも足を延ばして沼津まで行こうかと迷っていた。夕暮れになったが、別に慌てることもあるまい。辰蔵は茶屋で腰掛けて茶を飲んでいると、一人の深編笠をかむった侍が辰蔵のそばに黙って座った。辰蔵は緊張した。いつでも体をかわせるようにし、辰蔵は、ふと袴を見た。血だ、こいつだな昨夜の浪人を斬った者は……と思っていると、この侍は深編笠を取った。辰蔵は「ああ」と声を出した。

相手の侍は、ニコニコと笑って辰蔵の顔を見た。

「細田殿、わしだよ」

「小野様、なぜ、こちらへ」

「うん、わしも赤松道場に行くんだよ。その方の後を追って来たんだ。山形先生の許しを得てな」

「そうでしたか」

二人は茶屋を立った。

「小野様、それでは今夜は沼津で宿をとりますか」

「ああ、そうしよう。それにしても会えてよかった。どうせ赤松道場で会えるが、旅で会うのもよいからな」

　二人は笑った。

「わしは気儘《きまま》な者での。貴殿が出てから急に行きたくなって、先生にお願いしたんだ」

「そうでしたか」

　二人は歩きながら話がはずんだ。

「小野様、丸子で取った宿の膳で、鮎づくめの料理を思い出しました。丹後の和知のときを思い出しておりました」

「ああ、そうだったな。そうそう」

　と小野も懐《なつ》かしく思い出していた。二人は宿に入った。

　この沼津藩水野出羽守の城下町は、以前、幕府領であったが、慶長六年（一六〇一）に沼津藩となったのである。

　二人は酒を酌み交わし、これからのことを話し合った。

「赤松道場に入ったら、何年もいるのか」

　と小野が辰蔵に聞いた。

「小野様、私は江戸に三年いて、その後長崎に行ってみたいと思っております」

　小野は、この男は夢の多い男よと思った。二人は酒と話で夜遅くまで過ごした。明くる

朝、二人は旅支度を整えて、

「さて、もう江戸も近いの」

と小野が言った。辰蔵も「そうですね」と相槌を打って外に出た。

「お侍さん、お釣銭でございます」

と女中が声をかけると、

「うん、とっておけ」

と小野が言った。

「小野様、道中天気がよろしかったですね」

「うん、そうだな」

遠くに望む富士山は、雪をいただき絶景であった。

この頃、日本近海にアメリカ、イギリス、オランダ、ロシアの艦船が出没。また国籍不明の艦船もあって、いつ日本に上陸するか分からない状況のもと、幕府はもとより各藩も手をゆるめることなく沿岸警戒に懸命であった。

小野と辰蔵は沼津をあとに、三島―箱根まで来ると関所に入った。

江戸入りの武士と江戸から他国に出て行く女はとくに厳しく調べられた。いわゆる入鉄《いりでっ》砲《ぽう》に出女《でおんな》である。

小野と辰蔵は兵法者であり、それに掛川藩の家老の書状と山形道場から赤松道場宛の紹介状を役人に手渡した。

「足どめをいたしました。どうぞお通り下さい」

「有り難うござる」

と辰蔵が書状を受け取り、関所を出て、四里まで来ると、小さいながらも小田原の城が見えてきた。さすがこの辺まで来ると広い。小野と辰蔵が目を瞠った。

「細田殿、今日は小田原で宿にしますかな」

小野が言うと、辰蔵はまだ行けると思ったが、

「小野様、そうしますか」

と同意した。

相模小田原藩四万五千石の大久保氏の領地である。この辺りは昔から江戸や関西方面の船問屋が多く陸運に馬や人の出入りがあり、名物も小田原外郎《ういろう》や蒲鉾、小田原提灯など多い。

二人は宿に入って、いつものように酒肴で話が盛り上がり、とぎれることはなかった。

二人の旅は楽しさいっぱいである。話が弾み、

「細田殿、貴殿は日本の剣客者の名を知っているか」

と小野が言った。辰蔵はちょっと困ったような顔をして「うーん」とうなり、小野の顔を見ると、微笑んだ。

辰蔵は考えるとき、体も頭も一度ブルブルと小さく体をゆする。

「そうですね、私の知る範囲では、えー、まず柳生石舟斎宗厳《むねよし》（新陰流）、富田勢源（一乗谷中条流）、それに塚原卜伝（新当流）です」

小野は指を折って数取りをしていた。

「それから斎藤伝鬼房（天流）、伊藤一刀斎（一刀流）、宮本武蔵（二天一流、武蔵流）と、それに佐々木小次郎（中条巌流）、荒木又右衛門、この人は新陰流などいろんな剣法を学んだ人です」

小野は、よくこれまで知っているなと思った。百姓の子でありながら辰蔵の剣と学問は相当なものだ、と小野は舌を巻いた。

辰蔵は「まだあります。えー、それに柳生十兵衛（新陰流）この人は柳生宗矩《むねのり》の子で電光石火の早業で知られています。この人に相手になる者は、刀を抜いたら必ず倒される門人が多かったといいます。

また、十兵衛の門生のうちの一人に門主にまけないほどの腕前の堀内源太左衛門がいます。またその門生に堀部安兵衛がいます。

最近では男谷下総守《おだにしもうさのかみ》(男谷流)、今江戸にいます。西の千葉周作、この人は仙台の生まれで父忠左衛門に剣を習い、かたわら医者をやり、お玉ヶ池で道場を開き、北辰一刀流を創始しましたが、弟の定吉が有名で、周作は高名者というだけだそうです。その塾頭に坂本龍馬がいます。

江戸の東に斎藤弥九郎、その塾頭に桂小五郎(木戸孝允)がいます。この斎藤道場主は流派を持たず門生が多いそうです。門弟には有名人がいます。桂小五郎のほかに、渡辺昇、関口隆吉がいます」

辰蔵は体を小振りにゆすると、

「ああ、そうそう、この頃売り出しの近藤勇(天然理心流)この人は百姓の子で剣が好きで新選組の局長となりました(後に江戸府外板橋宿で刑死した)」

滔々と流れるように語った。驚いたのは小野で、

「よく、これだけ知ったな。いつの間にこれだけのことを覚えたものだ」

と、頭をかしげた。

「小野様、ちょっと物の本を見ただけですよ」

「それにしても」と、また小野は頭をかしげた。

小野は、もはや何も言う口をもたなかった。

「もう遅いで寝よか」

「はい」

と二人は床についた。

小野は寝ながら、細田は末恐ろしい、それに反し、我が身は細田に近づこうとしているが、とても適《かな》うものではないと覚った。辰蔵は、すでに寝込んでいた。小野は自分の今後のことを考えると、眠れなかった。

夜が明けて、二人は早々に旅支度をして、外に出た。辰蔵は大きく背伸びをした。

「小野様、今日もよい天気ですね」

小野は空を見上げて、

「うん、そのようだな」

と言っただけで、あとは話す元気もなかった。小野は辰蔵の後ろ姿を見て二十一歳の若い盛りで、わしは二十六歳。なんと情けない、わしはもう三十に手が届く年だ。「あー」と身が縮む思いの小野である。小野はもう一度細田の後ろ姿を見ると、「あー」とまた声を出しそうになった。なぜなら細田の後ろ姿が不動明王のように炎に包まれているように見えたからだ。

小野は昨夜は寝られなかったのであろう。

小野が思っている通り、細田は不動明王のように希望に燃えていた。小野は前かがみになって、自分を惨めにしていた。細田が恨めしかった。

二人は小田原を後に四里で大磯、あと一里で平塚まで来ると、

「小野様、お宿を平塚にしますか、もう少し先の藤沢にしますか」

と辰蔵がたずねると、

「藤沢にするか」

辰蔵は、小野がえらく元気がないのを見て、

「小野様、どこか体が悪いのですか」

「いや別に」

と言ったまま何も言わなかった。辰蔵は、小野を気遣い、

「小野様、ここから一里行くと戸塚で、二里が保土ケ谷、三里神奈川となります。三里の川崎までで一宿しますか。旅の最後の宿にしますか」

と言っても、話もしたくないようである。

小野は三日も寝られない夜で頭がボンヤリしている。

「小野様、今夜は早く休んで下さいよ。明日は江戸です。気を取り直して下さいよ。でないと弱味につきまとわれます」

「うん、そうだな、あい分かった。細田殿、悪かった。心配かけたな、今夜は早く寝よう」

小野は江戸に来て喜んでいいのか迷った。細田のように希望に燃えていない。

「よし、わしも細田のように燃えよう！」

と、小野は自分に言い聞かせるように声に出した。

江戸入り

小野は朝早く起き、朝食の出るのを待った。追われるように旅支度をして宿を出ると、品川から江戸まで二人は急いだ。

辰蔵は初めて見る江戸の光景に、目を丸くした。

「さすが江戸ですね、小野様。京のことを思うと格段の差ですね。どこを見ても、広いし大きい。それに活気がありますね」

「本当だ」

二人はただ驚くばかりである。

「小野様、この辺りで赤松道場を尋ねてみましょうか」

小野も昨日のように、萎《しぼ》んではいない。町人に尋ねた。

「ちょっとお尋ね申す。この辺りに赤松道場を知らないか」

「後ろを見なせい」

と町人は指差した。二人は後ろを見た。

四十メートルほどの道の向こうにある門構えで、門札に赤松剣術道場と鮮やかに書かれてある。

辰蔵は町人に「世話になった」と頭を下げた。町人も丁寧に頭を下げた。

二人は顔を見合わせて勢いづいた。二人は道場に入り、「お願い申す」と小野が言ったが、道場では稽古中のことで聞こえないらしい。辰蔵は奥に向かって、「お願い申す」と大声を出した。奥から稽古中の若い侍が取り次いで来た。

辰蔵と小野は、京都道場主山形進之助の紹介状と掛川藩家老前川長勝の紹介状の二通をその若者に渡した。

しばらくすると道場主の赤松刑部太夫が姿を見せた。

「その方たち、遠いところをよくぞまいられた。さあ、お上がり下さい」

と二人に声を掛けた。

「はい、有り難うございます」

と二人はぺこりと頭を下げた。

「今、稽古の最中でな、一緒に見るがいい」

「はい、有り難うございます」

と腰を下ろし草鞋をぬいで、道場主の後ろから奥に入っていった。

門弟は五十人はいるであろうか。道場主は一時稽古を中断させ、みんなに二人を紹介した。

「皆の者聞くがよい。ここに京から二人の兵法者が、わしの友人から紹介されて見えられた。こちらが小野源次郎殿と、それからこちらが細田辰蔵殿だ。この両名は稽古、試合には一切手加減はないぞ、いつも真剣のつもりで対するがよい、分かったか」

みんな一斉に「はい」と答えた。その声は天地に轟くほどであった。

「続いて稽古はじめ」

小野と細田は、みんなの稽古を見て回った。赤松はこの二人をどのように使おうかと考えていた。その時、赤松の前に久々に顔を見せた人物がいた。その人物こそ山田浅右衛門第七代目吉利である。

山田浅右衛門家は、代々徳川将軍家の御様《おためし》御用を務めていた。

後の五代目吉睦になってから首斬りが通称となった。

八代まで続いた。明治十四年斬首が廃止されるまで処刑の執刀役を務めた。

初代貞武、二代吉時、三代吉継、四代吉寛、五代吉睦、六代吉昌、七代吉利、八代吉豊であった。


赤松は山田が来ていることに、まだ気づいていなかった。山田は赤松の傍に座って、皆の稽古を見ていた。その多くの者達の中で二人の人物が山田の目に映った。山田は赤松の肩をぽんと叩いた。赤松はちょっとびっくりしたようであった。

「赤松殿、あの若者は、ついぞ見かけん顔だが」

と山田が赤松の横顔を見た。

「うん、さきほど、わしの友人から紹介で京から来た者で、なかなかの達人であるそうな」

山田吉利はじっと二人を見ていた。しばらくすると山田が、

「赤松殿、明日わしと試合をたのむ」

と言った。

「山田殿、相手は若いがなかなかの者だそうな、心してな」

「うん、分かった。では明日な」

と赤松に言い残して立ち去って行った。稽古が終わって赤松が小野と細田を呼んで、

「のう、小野殿、細田殿、貴公達、山田浅右衛門と言うてな四十過ぎの男だ。知っているかな」

と問うた。

「はい、名前だけは知っております」

「うん、その山田殿が二人に明日試合を申し入れてきているのだ」

「そうですか、それは私ども大変勉強になります」

と軽く言った。

辰蔵は「はい」とただ一言いっただけである。小野はちょっと尻ごみしていたが、（わしも兵法者である。怯《ひる》むことはない。勇気をもって、ヤレ）と自分を叱りつけていた。江戸には剣客者が多い。それに一人ひとり恐れていては真の兵法者になれるのかと、自分に言い聞かせていた。

赤松は小野と細田の顔を見たが別に恐れているようでもなく、かえって明日が楽しみの様子であった。二人は場内の別室に引き揚げていった。

赤松は、明日あの二人が山田に勝ったら、免許として赤松の名を与えようと考え、明日が楽しみであるぞと微笑んだ。

赤松は免許として赤松の姓を誰にも名乗らせたことがなかったが、今そのことを思い出した。姓を与えることにより赤松の門が広くなると思い、赤松はよいことを思いついたと、手を打った。

小野も辰蔵も朝起きると、大変体の調子がよい。木刀を持って体をかまえた。

道場は辰の刻（八時頃）には全員揃って道場主に一礼し道場での作法や訓話なるものを読み上げた。その後、筆頭から、それぞれに別れて稽古をはじめた。

小野は山田が、えらい遅いのに気がついた。すると巳の刻（十時頃）に山田はぶらりと道場に姿を見せた。なかなかの面構えである。

「山田殿よくぞまいられた、これへ」

と赤松は自分の座の横に座らせた。

門弟達は左右に正座して控えた。

「これよりみんなが、よく知っている山田殿と小野殿それに細田殿と試合を行うにより、みんなよく見るがよい」

と赤松の説明が終わると、山田は襷《たすき》をかけ木刀を手にして、一振り空を切った。

赤松が「小野殿お願いいたす」と言うや、小野は「はい」と言って立ち上がった。

二人は中央に進んだ。場内は静寂そのものである。

赤松に一礼して、二人は向き合い、木刀を合わせた。山田は正眼に構えた。小野は直感的に山田の剣は実戦の剣ではない、これは首斬りの剣だ、下手に動くと山田の思う壺になる。出方を待って打ち込んでやろう。山田も同じ考えのようである。

小野は待った。山田は小野に手の内を読まれたと思い、気の短い山田は面を打ってきた。小野の壺にはまったかに見えたが……、小野の呼吸が遅かったら、面を打たれていた。だが小野はちょっとの足運びで山田の胴に辛《から》くも入った。山田は自分の打ち下ろした面が小野の頭に入ったと思ったが……、ほんの瞬間であった。

山田はしばらく動かなかったが、がっくりして礼も言わず引き揚げていった。

みんなの中には、あまりの速さでどうなって、どっちが勝ったのかも分からぬ者が多かった。

辰蔵は山田と小野の試合を見ていたが、さすが小野様だと、小野の手を取って祝した。小野も細田の手をしっかり握って微笑んだ。

「有り難う」

みんな拍手した。

「小野殿お見事であった。ささこちらへ」

と赤松は小野と細田を手元に呼んで神酒をついだ。

赤松が小野の技を初めて見て、誉めたたえた。

「どうじゃの、今日から、二人に赤松の名を名乗ってはくれまいか」

赤松は紙に書いて、小野に赤松弁太夫、それに細田に赤松軍太夫と改めるように言った。

門弟達が一斉に拍手で祝ってくれた。


その秋も過ぎて年も改まって、嘉永壬子《じんし》五年（一八五二）。この年早くから外国船が対馬に出没。なかには国籍不明の軍艦にまじり、ロシア艦も姿を現した。オランダ船は早くから長崎で通商しているが、他船は国交はない。アメリカ艦隊は琉球に来航した。

嘉永癸丑《きちゅう》六年（一八五三）六月、第十二代将軍家慶が急病死し、十三代将軍に家定がなり、日本国内は急に騒がしくなってきた。ペリーが艦隊を率いて、浦賀に来航して幕府に通商を求める大統領書簡を提出したが、再来を約して退去した。

小野は部屋でくつろぎながら、

「細田殿、江戸にはいくつぐらい道場があるのかな」

とたずねると、

「はい、大小合わせると、ずいぶんの数になるでしょうが、名の知れた道場では、千葉周作の北辰一刀流（子息および門人の神道無念流）、今いう斎藤弥九郎は流派なし、それから伊庭軍兵衛の心形一刀流、福井兵右衛門の神道無念流、逸見太四郎の甲源一刀流、依田新八郎の機迅流、鈴木斧八郎の鈴木派無念流、島田虎之助の君子剣、桃井八郎左衛門、この門に私は行きたいと思います。斎藤弥九郎と並んで有名です。それに、ここの赤松刑部太夫、比留間与八、平井八郎兵衛、伊庭是水軒、平山行蔵の流派、さらに横河七郎、樋口十郎兵衛の一羽流神道流、矢野清親の東軍新當流、まず数えて十七道場ですね、まだまだあるでしょうが、私の知るところでは、これぐらいです」

小野は感心して、こいつはどうして、こんなに頭がいいのかなと思った。

「小野様、私が是非行ってみたい道場は、斎藤道場と桃井道場それに千葉道場です。この三道場でちょうど二年になります。それから長崎に行くようになります」

「そうか、長崎に行くのか」

「はい、行きたいです」

「赤松先生、私達二人は他流試合をしたく、お許し下さいますか」

と小野が言った。

「そうか、それでは、斎藤弥九郎先生に紹介状を書いてしんぜる」

二人は「お願いします」と頭を下げた。

赤松は筆と紙を持って書いた。

「では、これを斎藤先生に渡すがよい。二人とも稽古熱心だから喜ばれるにちがいない。では、これを持って行くがよい」

と小野に手渡した。

二人は翌朝早く赤松道場を出た。昨日紹介状と金子包をもらったが、いくら入っているのかなと歩きながら開いて見ると二両入っていた。細田は微笑していた。

「斎藤道場まで西から東だから丸一日かかるでしょうね」

と辰蔵が言った。

「そうか、そんなにかかるか」

江戸は広い。それに田舎者の二人にとっては見る物みんな、珍しい物ばかりであった。

「細田殿この辺で聞いてみようか」

「そうですね」

「ちょっと尋ねるが、斎藤道場を知らんかね」

と道行く町人に声をかけると、

「はい、すぐ、そこですよ」

と指差して言った。

「そうか、有り難う」

「細田殿、いよいよだね」

「はい」

二人は燃えている。斎藤道場はすぐ分かった。

大きな門を通り、玄関まで進み「お願い申す」と大声で言った。稽古中で若者が出て来た。若者に紹介状を手渡した。しばらくすると、白い長い髭の五十過ぎの男がやってきて、

「私が道場主の斎藤です」

と言った。目が鋭い。

「お上がり」

「はい」

と二人は草鞋をぬいで上がった。

「よくぞまいられた」

「はい」

と一礼した。長い廊下である。

「今、稽古中だ。今日は、ゆっくりして明日からでも稽古か試合でもやるがいい。どうだ、

赤松殿は堅固でおられるかな」

と斎藤が尋ねた。

「はい、元気でおられます」

小野は元気よく答えた。

「そうか、わしと赤松殿は同じ越中の生まれでの、江戸に出て来て、今は亡き岡田千松先生に撃剣を学んで今日になったんだよ」

「そうでございましたか」

二人は門弟達の稽古を見ていた。

「細田殿、ここの門弟は赤松道場とはだいぶ違うようだな」

「はい、そのようですな、やはり師の教え方でしょうな」


このとき斎藤弥九郎は五十七歳。門弟には桂小五郎、渡辺昇、関口隆吉ら、幾多の有名人が出ている。斎藤弥九郎は千葉周作・桃井春蔵とともに幕末の三剣客といわれた。

明治新政府になると斎藤は会計官権判事を拝命したが、明治四年十月二十四日に卒した。

剣の道

この斎藤道場の門弟は百五十人はいるだろうか。二人は熱心に稽古を見ていた。

このとき斎藤道場の塾頭は桂小五郎（二十歳）であった。

「小野殿、細田殿、案内いたします」

と桂が言った。この時二人は、まだ赤松の名を語っていなかった。

「小野殿、貴殿これからの身の振り方をどうなされるつもりですか」

と桂がたずねると、

「はい、私はいつか倒幕の軍に入りたいと思っています」

と小野が答えると、桂は微笑して、

「さようでござるか、して細田殿はどのようになされるか」

「はい、これから二年ほど江戸で修業いたしまして、それから長崎に出て蘭学と医学を学びたいと思っています」

「さようでござるか、立派な医者になって下され」

「はい、有り難うございます」

三人はひとまわりして道場主のところまで戻って来た。

「貴公達、奥の部屋に来てくれ。桂殿、副頭二人（渡辺昇、関口隆吉）にも一緒に来てもらってくれ。新しい刀を持って来ているので、みんなに見てもらいたいのだ、よいな」

道場主は桂に言った。桂は「はい」ときっぱりと答えた。

五人が揃って奥の道場主の部屋に来た。道場主は待っていた。

道場主は一振ずつ五人に渡して、

「どの刀もすべて業物《わざもの》ばかりである」

と言った。

辰蔵は正直なところ刀のことは、まったく疎かった。小野も同じであった。

小野も細田も刀に関しては、ただ振りまわすだけで撃剣の精神的な修業もしたことがないし、まして刀の業物など何も知るわけがない。もちろん塾頭の桂や副頭の渡辺、関口のように斎藤道場に五、六年もいる者と違い、誰にも未だかつて刀のことなぞ教わったことはない。

一人ずつ刀を前にして先生の顔を見ていると、道場主は今まで目を閉じていたが、静かに目を開いて、言った。

「皆の前に一振ずつある。すべて白鞘《さや》であるが、鞘をはらってもよいぞ。それぞれ感じたことを言うがよい。では桂殿」

「はい、私は刀のことはあまり知りません。今はじめて教えてもらうようなことです」

渡辺も関口も同じである。

「そうだな、教えられぬものは答えられぬの、ではみんな鞘をはらうがよい」

道場主が言う通りに五人が、鞘をはらった。

「それから二、三度振ってみるがよい。刀造りにはそれぞれ違いがある。先端が細身で手元が重いもの。反《そり》は中先から中ほどで、手元があがる。自分の好み、右手の強い者、左手の強い者、これらは得手か癖《くせ》によって使い分ける」

「先生、ちょっと質問します」

「何か」

「刀は価格で斬れるのですか」

と関口がたずねると、道場主は次のように説明した。

「うん、そうだな。皆がよく聞く言葉に刀は腕で使うものだと。何とかという刀は精神で斬る。そして魔の刀とか、鞘をはらったら必ず血を見なくてはおさまらぬとか、言うであろう。これらは皆勝手な言い分だ。刀は心だ。刀に迷いがあってはならぬ。いつも自分の刀を信じ、確実に手が延びているか、ちょっとの違いで打たれるときがある、よいな。

それから刀の刃の硬軟、強弱の相違をも知らねばならぬ。
一、かたき刃
二、あまい刃
三、しぶとき刃
四、かたくて、しぶとい刃
五、しぶとき刃にしてかたき刃
六、あまくして大事なき刃
七、かたくして役に立たぬ刃
八、かたくとも、あまくとも、しぶとくもしれぬ刃
九、右のしれぬ刃に能《よく》定まりたる刃
十、は刃能して建れぬ刃である。
以上十種をいつも頭において、自分の刀が十種のうちのどれにあてはまるかだ。使わなくては分からぬ。これらを頭で理解するのみならず、これを自分の手で感得し鑑別するのは生やさしいものではない。これらは精神的にまたは、使いこなしてこそ、その刀が自分にどのようにあてはまるか、よく知るがよいぞ」

「先生、このように刀を目の前に置かれ、手にするまで分からぬものですか」

と副頭の関口がたずねると、

「それは無理であろう。正直な話、分かると言うのは嘘であろう。鞘をはらってこそ分かるものである、人は話し合ってこそ、その人の個性が分かるのではないか。人を顔で判断するのはよくないぞ」

皆は道場主の話を聞いていたが、どれだけ自分の頭で理解できたのか……。そして、道場主は白い長い髭を撫でながら言った。

「赤松弁太夫殿、赤松軍太夫殿、それに桂、渡辺、関口ら五名は明日の上刻、みんなを指導したあと、下刻は五人で試合稽古をして門弟に見せてくれぬか、審判はわしがいたす。分かり申したな」

みんな「はい」と答えた。

明朝、みんなを指導したあと、下刻に五人の者は練習試合にのぞみ、木刀を取って振った。五人とも腕におぼえのある門弟随一の者達である。

上刻はいつもの練習であった。五人は二百人の門弟達の刀《たち》さばきを見て回った。

いよいよ下刻、場内の両側に門弟が座り、中央に五人が円形に座った。斎藤道場主は、

「これより五人の塾頭による練習試合を行う。皆の者よく見ておけ。分からずじまいではだめだぞ。質問するがよい。見逃がしのないように。これより名を呼ぶ、赤松軍太夫殿対

渡辺昇殿」

斎藤道場主が名を呼ぶと、二人は立ち上がり、審判に一礼し、相対礼して、両者木刀を合わせた。両者鋭い気合いである。渡辺の少しの動きに軍太夫は「やあ」と小手を打ったが、とても素人目では判断できないであろう。

審判は「一本」と軍太夫に白扇を差した。

「勝負あり。次は桂殿対赤松弁太夫殿」

二人は審判に一礼し相対礼して、木刀を合わせた。桂が胴をねらっている。弁太夫も胴をねらっている。弁太夫は右左にゆっくり動いた。それをねらう桂、なかなか動かない。その時、桂の目がかすかに動いた。その刹那「やあ」と胴をねらった。審判は「胴一本勝負あり」と桂を差した。

次に審判は「赤松軍太夫殿対関口殿」と呼ばれた。軍太夫はさきほどの興奮がさめやらぬうちであるが、大きく深呼吸した。

軍太夫は（この男は、おそらく小手を打ってくるであろう、よし胴をやるか）と考えていたが、いや頭を無にしよう。審判に一礼した。相対して木刀を合わせるや、「やあ」とどちらも気合いが入る。軍太夫は左へ逃げるようにした。得手が悪い。関口は胴が得意であるが、気合いで小手を打ってきた。ほとんど同時である。審判は両手を前に出した。

「相打ち」である。

それから弁太夫と関口となったが弁太夫も関口と相打ちとなった。次の試合の軍太夫と桂は軍太夫であった。道場主は五人を奥に呼んで誉めたたえた。そして五人に、

「明日、巳《み》の刻（十時頃）に大相撲に行くが準備はできているか、どうであろう。都合は皆よいな」

と聞いた。

「はい」と五人が返事をした。

翌日、軍太夫と弁太夫の二人は辰の刻（八時頃）に起きて相撲行きの準備をしていた。

道場主は待っていた。五人が揃った。大相撲秋場所で、前の方に升席が取ってある。弁当、酒は門弟達が運んでいた。飲んだり食ったりの一日であった。

嘉永六年癸丑《きちゅう》（一八五三）十一月、東前頭一の雲竜久吉が八勝全勝であった。掛小屋を出た五人が道場に帰ったときは戌《いぬ》の刻（午後八時頃）であった。

安政甲寅《こういん》元年（一八五四）、ペリーが再来、日米和親条約（神奈川条約）の締結、吉田松陰が米艦による密出国を企てたが失敗して捕えられた。

刻々と迫りくる困難に桂はじっとしておられなかった。桂は三月、長州に帰ることを決

意した。

桂は赤松弁太夫と二人で長州に帰ることを斎藤先生に申し上げた。軍太夫は残った。

それから十日遅れて渡辺昇、関口隆吉が桂の後を追った。

軍太夫は斎藤道場の塾頭として若い門弟の指導を受け持った。

斎藤道場の塾頭が一度に四人いなくなって、門弟が少なくなると思いきや、二十人、三十人と数が多くなってきた。軍太夫は頭をかしげた。その答えは、こうであった。桂小五郎先生を負かす人だ。相当な剣の使い手、斎藤先生に次ぐ達人であると門弟達の噂である。そんな時に町人達までが、世の噂に道場を訪ね、入門を願い出る者が多くなってきたからである。

道場主は武士、町人を問わず入門を許した。

桂と軍太夫の話は、千葉道場の坂本龍馬の耳にも入っていた。伊庭軍兵衛の甲源一刀流、鈴木派無念流、それに桃井道場には武市半平太（芝居などで月形半平太）がいた。赤松道場、平山、横河道場の大きな道場にも知れわたった。

斎藤道場には塾頭に相当する者が四人はいないと、道場主は困るであろうと思いきや、道場主は塾頭にほか三人の副頭の人選を命じた。軍太夫は自分の補佐に誰を置くか、道場主と相談したが任せると言われた。

まず軍太夫は和田勘兵衛（二十五歳）、高松孫次郎（二十二歳）、水野兵助（二十二歳）、庄田次郎衛門（二十二歳）を選んだ。その中で水野兵助を筆頭にした。

「先生この名簿でいかがなものでしょうか」

と斎藤道場主に相談すると、道場主は考えながら髭を撫でていた。

「軍太夫殿、貴公の言われる水野兵助でよいと思う。ただ剣が強いだけではだめだ、門弟達に慕われ、尊敬される者でなければならぬ。その四人のうち水野には、たしかに人望がある。貴公の目に狂いはないよ」

軍太夫は大勢の門弟の全員を見ることもできず、こんど副頭として四人を選んだのだった。

軍太夫は、桂と弁太夫がいなくなって道場の重役にのしあがった。しかし、それより軍太夫には長崎へ行く気持ちが半分あった。今の道場では長崎行きは半年は遅れる。聞くところによると、桂と弁太夫がいなくなってから、千葉道場の土佐（高知県）の坂本龍馬も帰ったという。この時をもって国中の志士達の動きが決定的となった。

斎藤道場は人数が少なくなるどころか、日ごとに多くなって、軍太夫の長崎行きも機会がますますなくなってきた。

軍太夫は門弟を二十人ずつ一班に分け、幾班になるか、道場主に相談したところ、やりやすいようにしろということであった。

日本国中が太平であれば道場もこんなに賑わうこともない。国が攘夷か開国かと騒がしくなると道場の数も多くなる。その上、町人までが入門して来て、斎藤道場は江戸でも有名な道場になった。

幕府では、斎藤道場を我が手にと考えているらしい。そうであろう、人数からいっても三十万石大名の数以上の門弟である。幕府は、緊急の時は旗本など何の役にも立たんことを知っていた。

そして江戸では、斎藤道場の赤松軍太夫の名は、剣を学ぶ者なら知らぬ者はなかった。軍太夫はつぎの道場として桃井春蔵道場へ他流試合を試みたかった。そこには土佐の武市半平太がいたからである。

斎藤道場が流派を重んずるところであれば、どうしても間違いが起きると斎藤先生が言われた。毎日、道場に他流試合を願う者が五人ぐらいはいた。そのたびに軍太夫が手合わせした。来る者は軍太夫に感服して深々と頭を下げて帰った。軍太夫は他流試合には敵対行為はしなかった。門弟と同じように行っている。千葉周作は道場主とは名前だけで、一度も顔を出さずに安政乙卯《おつぼう》二年（一八五五）、六十一歳で亡くなったという。周作の弟の定吉（五十七歳）が切り盛りしていた。その子営次郎が剣客者でお玉ヶ池の北辰一刀流の名を高めたのである。

当道場の水野兵助が、斎藤先生の言い付けで鏡心明智流桃井道場に行き、その帰り道、水野の前に五、六人の若者が抜刀して斬り込んで来た。その刻限は暮れ六ツ（六時頃）である。若者の剣を、体をかわして刀を抜いた。

「その者達は斎藤道場の水野兵助と知っての狼藉であるか」

「いかにも」

「やー」

「名を名乗れ」

「ええー、やれ」

と打って来た。

水野は仕方ない、身の危険を感じ一人を斬った。「ウワー」と、どっと倒れた。また一人に水野は「まだくるか」と言った。なかの一人が「引け、引け」と逃げて行った。

水野は死体を自身番に願い出、金子一両を差し出した。水野の行為は適切であった。なぜなら人を斬って放置しておくと辻斬りと見なされるからである。

水野は道場に帰って道場主と軍太夫に狼藉の話をすると、二人は、どうも道場関係の者らしいと言った。

「しばらく待つがよい。向こうから謝罪してくるであろう。それまで待つがいい」

と道場主が言った。

いつの時代でも同じであるが、大きな道場は小さな道場に妬まれる。
二、三日たってから、瓦版に水野兵助の名が出ていた。それ以来、町では水野の名は立たなくなったが、桃井道場からは何の音沙汰もなかった。道場主は瓦版を見て、音沙汰がないはずである、どこの道場の者とも分からぬからな。
「先生、道場では分かっているでしょ。斬られた若者は道場にいないですから。分からぬはずはないでしょう」

「そうだな、そんな話は、伏せておこう。若者が騒ぎだすやもしれんでな」

「はい」

その話は消えていった。しかし、事件のおかげで斎藤道場への入門者は増える一方だった。

その後、しばらくすると、軍太夫は今が長崎に行く機会だと思うようになった。軍太夫は水野をはじめ、指導力をつけてきた庄田、高松、和田に道場のことを頼み、斎藤先生に今の気持ちを伝えた。すると、

「そうか、よい折だ、ゆくがよい」

と刀一振の業物と金子十両を添えて下された。

憧れの長崎へ

軍太夫は斎藤先生の許しを得て、高松孫次郎（二十二歳）と一緒に旅に出た。

二人は明け六ツ（六時頃）に旅立ち、赤松道場に着いた時は申《さる》の刻限（午後四時頃）だった。

門弟達が出迎えた。

「先生、お帰りなさいませ」

「うん」と軍太夫は言って奥に入って行った。

軍太夫は、赤松道場主の顔を見ると、

「先生、しばらくでございました」

と挨拶して斎藤先生の手紙を差し出した。「おお」と受け取り読み終わってから、「ささ、ゆっくりとな。してこの若者は？」

高松の方を向いて軍太夫に尋ねた。

「先生、この若者は斎藤道場の塾頭で二番者です」

「おお、そうか、ゆっくりと休むがよい。ところで軍太夫殿、貴殿の名が高いの。どこへ行っても赤松軍太夫の話を聞く。わしも鼻が高いよ」

「先生、買いかぶりです」

と軍太夫は頭をかいた。

「軍太夫殿、ゆっくりするんだろう」

と顔を見た。

「先生、私は長崎行きで斎藤道場をお暇をいただいて、先生にもお会いできたというわけです」

「そうか」

「私が長崎へ行くと言いますと、一緒にと高松がついてきたのです」

「ああ、さようか」

「軍太夫殿、今日はゆっくりして、明日、うちの門弟達も少しは上達したか、見てやってくれないか、高松殿もな」

「はい、及ばずながら」

と高松は頭を下げた。

その夜、軍太夫は塾頭をまじえ七人で大変な御馳走になり、斎藤道場の話に花が咲いた。

翌朝、道場には門弟達が左右に分かれて並んだ。そして道場の塾頭が二人ずつ分かれ四人。そこに軍太夫と高松それに赤松道場主が出ていよいよ試合のはこびとなった。

まず軍太夫が中央に出て道場主の案内を待った。道場主は声高々と塾頭の名を呼んだ。

「はい」

呼ばれた塾頭は見るからになかなか体つきがよい。

二人は木刀を合わせた。「やあ」と鋭い気合いである。軍太夫は横飛びに小手を打った。

道場主は「小手、技《わざ》あり」と言った。次もつぎもみな小手である。軍太夫は、

「皆の者、よく聞くがよい。私が右肩を動かしたら、お前らは面か突きを打ってくると思ったんだろうが、私は左へ飛んで、小手だ。分かったか」

その絡繰《からくり》りを教えた。

軍太夫が終わって、次は高松に代わった。高松も軍太夫と同じ技を見せ、小手を打った。

軍太夫は高松と二人で、事細かに技を見せた。

「皆の者よく見たか、皆相対して練習をするがよい。はじめ」

と道場主の声とともに練習がはじまった。

「軍太夫殿、有り難う。よい勉強になり申した」

と赤松は白髪まじりの頭を下げた。

「いえ、いえ、それほどの働きもしませんで、かえって大変世話になってしまいました……」

と軍太夫と高松は早々に赤松道場を出ようとした。

赤松は、軍太夫と高松に十両ずつ紙包みを差し出した。

「先生それは困ります。それだけは遠慮します」

と軍太夫は言ったが、

「まあ、まあ、これからいつ会えるやも分からん。まあまあ」

「先生、こんなにしていただいて」

「いいから、気をつけてな」

「はい」

「軍太夫殿、これからまっすぐ長崎に行くのか」

「いいえ、掛川に立ち寄って前川様に会ってから、船で長崎まで行こうと思っております」

「そうか、それでは私も前川殿に手紙を書くから、しばらく待ってくれぬか」

「はい」

赤松は奥に入って手紙を書いて、軍太夫に手渡した。

「これをな前川殿に。それから前川殿に一度会いたいと言ってくれぬか」

「はい、そう申し伝えます」

高松と二人で玄関に出てみると門弟達がみんな並んで見送ってくれた。

「みんな、有り難う。堅固でな」

軍太夫は礼をのべた。

「先生、気をつけて下さいよ」

塾頭の言葉に、

「うん、高松がいるからな」

と微笑んだ。

「それでは先生、行って来ます」

軍太夫と高松は手を振った。

「赤松先生、さようなら」

門弟達の見送りに、軍太夫と高松は振り向いて右手を高く上げた。高松は頭を下げて、掛川へと急いだ。

品川—川崎—神奈川まで来ると、日も傾き夕まぐれとなった。軍太夫と高松は宿をとり、夜の食事を楽しんだ。

「のう高松殿、旅は初めてか」

「はい、初めてです。旅はいいですね。見る物、触れる物たのしいです」

「誰でも初めはそう思うだろうが、武芸者とみると、敵愾《がい》心を持つ者も少なくない。心してな。宿にあっても、いつ斬り込んで来るやも知れんぞ。布団の下に刀を置くとか、いつも武芸者としての心構えがなくてはな」

「はい、身を守るためにも、いろいろ考えることが多いですね」

「うん、それが武芸者だ。それが嫌なら浪人風になれば、誰も狙う者はないだろうが。それでは何のために道場で学んでいるのか」

「そうですね。旅は初めてですから」

「なんでも初めてが失敗の多いものだ。武芸者にして失敗があってはならんぞ」

「はい、分かりました」

「まあ、こんな話はおこう。高松もっと飲むがいいぞ」

「はい」

二人は翌朝目覚めて外を見ると、春三月の青い空が広がっていた。軍太夫は空を見上げて大きく背のびした。

「高松殿、今日もよい天気になった。春はいいな」

と独り言を言って旅支度をした。二人が宿を出て、しばらく行くと、高松が、身に初めて春のよさが伝わったとみえ、しみじみと言う。

「先生、春はいいですね……」

「うん」

と軍太夫は、いささか拍子が抜けたように、高松の顔を見て、(なんと鈍《にぶ》い男よのう)と思った。それから旅は続く。保土ケ谷―戸塚―藤沢―平塚―大磯まで来ると、

「高松殿、まだ日暮れまでちょっと間があるが、そうかと言って小田原まで行くには遠過ぎるしな、別に急ぐこともあるまい、大磯で宿にするか」

「はい先生、大磯はいい所ですね。海が近くてさぞ魚も多いでしょうね」

「そうだ、たのしみだの。ここ大磯は幕府領だ」

「そうですか」

「高松殿は、国はどこだったかな」

「私は、斎藤先生と同じ越中の産です」

「産か。なかなかおもしろい男だの……」

軍太夫は笑った。

翌朝、高松が朝早くから窓を開けて、

「先生、御覧になって下さい。磯の松原それに海の碧、松の青、磯の匂い。先生、私の古

里の海（日本海）と汐の匂いは同じでも、古里の海は格別の匂いがすると思います」

高松がそのように古里の海と言うだけで、軍太夫は寝てはいなかった。高松が言った通り軍太夫も（何を隠そうわしも若狭内浦だ。古里の海のあの眺めは絶景であるぞよ）と軍太夫は、はね起きた。高松が指差す白い帆掛け舟と松原の風景は、大声で叫びたい気持ちである。

朝食も終え、旅支度も厳重にして二人は宿を後にした。

軍太夫は言葉には出さなかったが、故郷の鎌倉を思い出していた。（山を駈け、千枚田を兄と二人で耕やしていたころ、あれからもう七年になる。早いものだ）と。

旅は大磯を後にして小田原—箱根（関所）—三島—沼津—吉原、次が富士川と関所である。吉原で宿にすることにした。

宿の女中の案内で、この吉原は幕府領であり、名物というと、何と言っても、日本一の富士の山で、ここは水がよいので名酒が多い。だから他の物も名物品が産まれる。ひごずいき、甲州竜王煙草、ふじの芝海苔など、まだまだある。名は富士のなになにと富士のつく名が多い。

二人は女中の案内名所の話を聞いて、名産に舌鼓を打っていた。二人はぞんぶんに女中の話に、名物にひたっていた。

翌朝、関所を通り吉原から—蒲原—由比—興津—江尻—府中（静岡）—丸子（鞠子《まりこ》）—岡部（幕府領）を経て—焼津（漁港）に着いた。ここは漁港があり、南の魚が多く、二人も初めて見る魚が多かった。二人はここで宿をとる。魚づくしの料理に二人は堪能し寝てしまった。夢も魚であろう。翌朝は、いよいよ掛川である。軍太夫と高松は、いつもの刻限に宿を出た。

岡部—藤枝—嶋田—金谷—（関所）日坂—掛川に八ツ半（午後三時頃）に着く。掛川藩家老前川長勝の屋敷門前の門番に細田辰蔵がまいったと取り次いでほしいとたのむ。それに赤松道場主の手紙も差し出した。門番は、すぐ取り次いでくれた。

屋敷から家老侍五人と姉娘の綾と家老が出て来て「おお、細田殿ようこそまいられた。ささ御上に、綾、御案内を」

「はい」

家老の部屋に、二人は案内された。

「御家老様、長々と御無沙汰しております」

と、軍太夫と高松が平伏した。

「これこれ、手を上げられよ、そんな挨拶はどうでもよいわ。手紙の赤松殿にはお変わりなく、そうか、よいよい。して何年であったかな」

「はい、三年でございます」

「そうか細田殿、いや今は赤松軍太夫。よい名じゃ。して、その若者は」

「高松孫次郎と申します」

「なんと、これまで若者の声を聞いたが、こんなに美しい澄んだ声をついぞ聞いたことはないが……、赤松殿」

「はい、この若者、高松孫次郎は、江戸斎藤道場の塾頭でございましたが、私が長崎に行くと言うと一緒について来ましてな」

前川は「さようか」と相槌を打つように言った。軍太夫が周りを見ても綾殿だけで、ついぞ「前川様、お里様は」といらんことを聞いてしまった。綾は下を向いていた。

「赤松殿、お里は嫁に行きました」

「さようでございましたか。おめでとうございます」

と軍太夫は頭を下げた。

「軍太夫殿、この綾はな、自分にかなう男がいないらしいんだ」

「前川様、この高松では稽古はだめですか」

綾は、少し赤くなった。高松も赤くなった。

「綾、明日高松殿とはどうだ。手強いぞ。手かげんないぞ」

綾はこまるかと思いきや、はずんだ声で、

「本当ですの、高松様」

と尋ねた。高松は真っ赤になって下を向いた。綾は、話にのってきた。

「お父様この話、本当ですの」

「そうだよ。お前、嬉しかろう。お前にはちょっと贅沢だ。いやしくも斎藤道場の塾頭がお前の相手ではな、手かげんないぞ。大ケガをするやもしれんぞ」

と前川が言うと、綾が「そんな」と下を向いた。

前川と軍太夫が大笑いした。

「綾殿、高松殿は時には厳しく、時には優しくですよ」

「本当ですの、高松様」

高松は返事に窮していた。

「おお、本当だよ。お前も嬉しかろう」

と前川が横槍を入れると、三人は大笑いして楽しんでいた。

「殿様、夕刻にはまだ間がありますが、はじめてはいかがですか」

と女中が言ってきた。

「ああ、そうか、そのほうがよいな。赤松殿、ボツボツやりますか。高松殿、何もないが酒はあるからね」

「有り難うございます」

「前川様、この二人は本物ですよ」

軍太夫が言うと、前川は嬉しい顔をして、

「そうか、わしも、そのように見たが。赤松殿、だとよいがな。早くたのむよ。だがな、赤松殿、あの綾のハネカエリ娘に男が寄り付くだろうか」

「前川様、世に言うではありませんか。蓼食《たで》う虫も、何とかと言うではありませんか。それより、あの二人絶対ですよ」

「そうだったら……」と二人を見た。赤松も見た。二人はちょっと顔を見合わせると、微笑んで下を向いて赤くなっていた。

「前川様、でしょ」

「そうだな。赤松殿、熱が冷めないうちに、今夜中に頼むよ」

「はいはい、分かりました。ここは早目に切り上げます」

「綾のことばっかりで悪いね」

「たまにはお役に立てませんと」

二人は笑った。

「高松殿、悪いが切り上げよう。綾殿すまぬが部屋はどこでしょう」

「はい、ただいま」

女中が部屋に案内した。

赤松と高松の二人は、離れた部屋に入ってから、

「のう高松殿、ここに座りたまえ」

「はい」

「高松殿、お前、綾殿をどう思う？　好きか、嫌いか、どちらか言ってみろ」

「先生、そんなに言われましても、身分が違います」

「そんな身分のことはどうでもよい。もしも綾殿が祝言をあげると言ったら」

「先生、そんなに簡単にいきますか」

「それとて、お前の返事次第だ」

赤松は、説得した。

「先生、綾殿がどう言われますか」

「綾殿は良いと言うているのだ。お前が頼むと言えば、万事めでたしだ」

「先生、そんな無茶な」

高松は情けない顔をした。

「高松、胸を張れ。お願いしますと言え」

高松は、軍太夫の気合いで、「おまかせします」と言った。軍太夫は「高松殿こちらへ」と別の部屋に誘った。そこには、綾殿の心づかいで膳が二つ、酒も四本運ばれていた。

「高松殿、ちょっと用をたしてくる。すぐ帰るから先にやってくれ」

部屋を出て行った。軍太夫は女中に案内され御家老の部屋をたずねた。

「ここでございます」

灯がまだついて明るかった。

「前川様、お休みになられましたか」

部屋から、「どうぞ」と前川の声がすると、「軍太夫入ります」と障子を明けた。

「前川様、高松がお願いしますと言いました」

「そうか、めでたいの。赤松殿、まあ一杯やるか」

「前川様、部屋に高松を待たせておりますから」

「では一緒にどうだ」

「前川様、また明日」

「そうか」

軍太夫は部屋に帰った。高松は一人で飲んでいた。

「のう高松殿、前川様は今、四十五歳だ。奥様を早くに亡くされてから、家老職を早く譲り、隠居したいと毎日言うておられるそうな」

「そうですか」

「高松殿、明日貴公の口から、言ってくれまいか」

「どのように、言ったらいいのでしょう」

「どうせ、明日一緒に膝をまじえて、前川様から話がある。その時に答えればよい」

「はい、先生、よしなに」

「うん、まかせておきなさい」

それでも、高松は不安げである。高松は思った。私のような者に掛川藩の家老の婿殿に、誰が聞いても話がうますぎる。私は越中の漁師の息子で剣術が好きだからというだけで、こんなにうまい話があろうか。私は嵌《はめ》られているのか、それとも狐に化かされているのか不安である。

軍太夫と高松は早く寝た。

翌朝、前川は早く起きていた。

「前川様、おはようございます。いつもこんなに早いのですか」

と軍太夫は言った。前川は、軍太夫の耳近くで、

「赤松殿、今朝は特別だよ。嬉しくて寝てはおれぬわ」

と話すと、大声で笑った。軍太夫も笑った。

今朝の食事は前川様、軍太夫、それに綾殿、高松と一緒であった。綾殿は高松に給仕していた。

前川と軍太夫には女中が給仕していた。

「前川様、奥様がおられたらどんなにお喜びになられるでしょうに」

「そうよな」

と目頭に手を当てた。

「赤松殿、わしらが気をもまなくても、見てくれ、段取りのいいことよのう」

二人は声を出して笑った。高松は赤くなっていた。

「お父様、いちいち笑わないで下さい。高松様が、お可哀相です」

と、綾が父の前川をたしなめた。

「悪かった。この通りだ」

と前川が頭を下げた。

軍太夫も「私もこの通り」と頭を下げた。

「赤松様まで、いやですわ」

と綾の言葉で二人はまた笑った。

前川が、赤松に声を掛けようとすると、赤松が綾に向かって言った。

「綾殿、婿殿を選ぶのであれば、高松殿のような人物がよろしいですよ。目の前でこんなことを言うのも残酷のようですが。この方はほんとうにいい奴だと思いまして……赤松の無礼をお許し下され、綾殿」

「いいえ、無礼ではありませんが、高松様はどのように」

「高松殿は一も二も、綾殿が良ければと」

「さようでございますか。私もそのように」

「前川様、全てがお聞きの通りでございます」

「うん、めでたい。高松殿、綾を頼みますよ」

綾と高松は、前川と赤松に手をついて平伏した。

「前川様、善は急げとか」

「分かっている」

赤松と前川は笑った。

二人の結婚式までは八日の日数があった。

前川家は毎日が明るかった。

「前川様、媒酌人をどなたになさいます」

と軍太夫が前川に相談すると、

「うん、前の妹の里のときは誰でもよかったが、今度は友人や親戚というわけにはゆくまい。婿殿でもあり、家老職でもあるのだからな。やはり藩の家老職四人のうち、誰がいいだろうな」

と前川は考えていた。

赤松は、さすが御家老様だ。わしであれば後でしまったと言うところであろうと思った。

前川家の祝言は盛大に行われた。藩の家老上田五郎右衛門が媒酌を務めた。

藩の家老四人、町人からは十人、藩知人四十人、そのうち赤松刑部太夫が出席していた。

「軍太夫殿、もう二度と会えまいと思っていたのに、のう」

「先生、本当でございます。案外早く会えました」

前川家の祝言は、昼、夜を問わず行われた。五日目には結婚式も終わって、高松孫次郎も今日からは家老職の筆頭で、いわば城代家老である、前川孫次郎である。
二、三日たって、四家老揃って掛川藩城主に目通り許され、親と子の家老職の譲り受け渡しを殿の面前で、四家老の前で行った。これで全て相整え終えた。
孫次郎と綾は早々に道場を造り、武士、町人を問わず多くの門弟をもって、綾が道場に花を添えていた。

　この高松孫次郎、今は前川である。道場を開いて多くの門弟がいたが、世が明治となり、禄を返上し道場をやめた。父の知人の紹介で海産物の問屋を舞浜で営業を始めた。商売がうまく軌道にのった。人手が多く入用となった。

　その中に妹、里の婿それに姑達も一緒であった。明治十四年には株式会社となり、孫次郎はその社長となった。綾は四人の男の子を産んで末永く繁盛したという。


　軍太夫は前川の世話で舞浜から船に乗り九州五島から宇久島に立ち寄り、それから長崎西島に着いた。ここまでまる三日かかった。

　翌朝、軍太夫が目覚めると、外がいやに騒がしいので宿の女中に聞いたところ、

「なんでも、この岬に台場（砲台）が出来るとか聞いてますが」

と話してくれた。

「そうか、いよいよ国の護り、こしらえか。何にしても遅いことよ」

　女中が笑って、口を塞いだ。

　軍太夫が外に出た。ちょうど役人が通りかかったので、

「ちょっと尋ねるが、身共は江戸から来た兵法者でござるが、台場が出来るとかで……」

「はい、幕府から各大名に海岸線の領地大名は、台場を設けるよう指令してきたのです。それに従わない大名は国替えをさせられるとのことです」

「さようか、してどれぐらいの台場でござるかな」

「はい、長さ六十間（一〇九メートル）四方だそうです」

「さようか、参考になり申した」

と頭を下げた。軍太夫は宿の部屋で考えていた。

塾生として

いよいよ軍太夫が考えていた通りの世の中になったが、「よし、わしは蘭学をやるぞ」と心に決めた。

軍太夫の行く先、長崎の樺島に足を進めた。すると目の前に蘭学塾と書いた門札が目に入った。軍太夫が願っているところだ。「ああ、ここか」と独り言を言って、少し行くと剣術道場が見えた。これは願ってもない楽しみがふえた。

軍太夫は、自分の希望する蘭学の大家で、たしか大槻俊斎の門弟の塾頭、庄内敬斎に学ぶことになった。

朝八時から午後三時までの特訓であった。

一日目の塾が終わって、帰るにまだ早いし、ぶらぶらと歩いていると、大きな建物が目についた。これはなんだろうと門札を見ると蘭方医学塾と書かれてあり、左側には蘭方薬剤塾と二枚の門札が掛っていた。軍太夫は、「ここが有名な医塾か」と独りつぶやきながら歩いていた。

それから少し歩くと居酒屋がある。暖簾をくぐり、今日の一日目の塾の本を風呂敷から取り出して、読みながら酒を独りで飲んでいた。そんな日々が一年続いた。

明けて安政丙辰《へいしん》三年（一八五六）、軍太夫は塾帰りに居酒屋で一人で飲んでいた。すると、隣の席から二人の医塾生らしい者の話し声が聞こえた。なんでも江戸番町に私塾鳩居堂を開いた、村田蔵六（後に大村益次郎、江戸攻めの総指揮官、明治に兵部大輔（陸軍大臣））さんという蘭学者で、兵学の大家がおられるそうな。その塾生が江戸のほうが近くてよかったのに、と後悔じみた話をしていた。

軍太夫は、この若者は江戸に近い者だな。しかし他の地に来るのも勉強になるわいと、思った。

この年四月にオランダから蒸気軍艦が幕府に寄贈されたのを機会に、幕府は永井尚志《なおむね》に命じて長崎奉行所の西役所を校舎にして、十月に海軍伝習所を開設した。

海軍諸術の教育にはオランダ海軍士官、同海軍機関士らが、海軍砲術などの教育を行った。海軍関係者には、勝海舟、榎本武揚ら幕臣や五代友厚、佐野常民、中牟田倉之助など諸藩の有為な武士が学んでいた。

軍太夫は、あらゆる情報を見聞して、これまでの世になかった物の出現、新しい事、物に学ぶ心がなかったら、本当にこの世から置きざりにされ、あれこれと選択するため右往左往して、結局どちらにもつかずに置きざりにされてしまう。したがって、軍太夫は自分の行動や考えはこれでいいのかといつも考えていた。

軍太夫は、ぶらっと剣術の道場に立ち寄っていた。

「道場主に取り次ぎを願いたい。私は江戸からまいった兵法者赤松軍太夫と申す者です」

「しばらくお待ち下さい」

と門弟が声を残して立ち去っていった。

道場主が奥から出て来た。道場主は軍太夫の面構えに、これは、いけるなと直感した。

部屋に入って座ってから、

「私が当道場主の大谷右衛門でござる。どうぞおくつろぎ下され」

「はい」

「赤松殿、御貴殿と似た名前の御人が桂先生と一緒にこられましてな、たしか赤松弁太夫とか」

「ああ、そうでしたか、彼は兄弟弟子で赤松道場におりました。そうでしたか。それで桂さんはどこへ行かれましたか」

「はい、二、三日長崎を見てそれから薩摩へ行くと」

「そうですか。先生、道場を見せて下さい」

「どうぞ」

道場の稽古を見ていた軍太夫は、

「先生、もっと気合いを入れないとだめです。桂さんらは何も言っていませんでしたか」

遠慮なく道場主に言った。

「はい、町の見学のほうが忙しいようで」

「そうでしたか」

軍太夫が木刀を持って、一振りした、その音で、みんなが一斉にこちらを向いた。

「皆の者よく聞くがよい。この方は江戸から来られた赤松軍太夫先生だ。皆に稽古をつけて下さるので、有り難く受けるように」

と道場主がみんなに軍太夫を紹介した。

「誰でもよい、かかってきなさい」

「私は本田周古でございます」

「塾頭です」

と道場主が紹介した。

「よし、打ってこられよ」

「やあ」

軍太夫は木刀をはらい、小手を打った。

「本田殿、私のやり方に疑問を持ったら、尋ねられよ」

本田は小首をかしげて、何を尋ねるのか分からない。

「では私が言うが、貴公達は相手を見くらべるからいかん。いつも刀を持ったら強敵だと思わねばだめだ。刀を合わせたとき、本田殿は私の刀先をちょっとはねたであろう。これはたいしたことはないと思ったのであろう。それがいけない。もう一度刀を合わせる。このとき敵に弱味を見せるのもよいが、失敗が多いぞ。刀を少し下ろそうとしたら相手の刀をはらう。そのとき小手を打つ、よいな」

「よく分かりました」

「本田殿もう一度真剣に構えて、さあどうする」

本田は追いつめられ、刀の自由がきかなくなった。

「よいか、みんな、よく考えることだ。これが一般に使われる手だが、これでも考えたら、このようになる。これを練習して、分からぬところは塾頭に尋ねるとよい」

それから、これを基本として何度も練習を重ねた。

「先生、有り難うございました」

と、道場主の大谷が礼を述べると、塾頭が、

「先生、この部屋で少々お待ち下さい」

と言って、出て行った後から、

「お待たせしました」

と大谷が入って来た。

「先生、いつ頃まで当地におられますか」

「そうですね。二年半ぐらいですか」

「そうですか、それでは三日か四日に一度見てやって下さいませんか」

「はい、分かりました」

「先生、無理を申しまして」

「だがね、他から嫌がらせがあったら、私はいつでも寮にいますから」

「大変助かります」

と道場主は頭を下げた。

「大谷先生、私はこれにて」

と赤松が立ち上がった時、

「先生、この道場に蘭人が来て試合を申し込んできます」

「ほほ、それはおもしろい。いつ来ますか」

「一度来たのですが、金子で帰しました」

「それは、なりません。一度味を占めたら何度でも来ますよ」

「先生、もうお帰りですか。まだ早いです」

「そうですね、練習の邪魔してはと思いまして……」

「いえいえ、先生この頃この長崎も浪人が多くなりましてね」

「そうですか。なんでも大坂、京、萩、広島などに幕府の町治安の集団が出来て、今まで長崎に多かった浪人も次第に少なくなりましたが、今残っている浪人は用心棒、抜人（密航）の先走りや、見張人などに使われる浪人です」

「そんな者が、ここへ来ますか」

「いえ、そんな者は来ませんが、船が入るとどこからともなく無頼の輩《やから》どもが働き場所を求めて野良犬のように、どこからともなく集まって来ます。仕事がなければ五、六人集まって獲物に刀を抜いて襲いかかる。この者達が長崎から消えることはないでしょう」

軍太夫は話し込んで帰りが遅くなった。

それからは毎日勉強で忙しく、道場にも立ち寄れず、ようやく二十日ぶりに道場に立ち寄ってみた。

「別に、変わったことはなかったですか。先生」

「はい、今までのところは」

軍太夫は安堵した。

「先生、ようこられました。忙しいのでしょう」

「はい」と返事をしていた。

その時、今にも面を打とうとしている若い門弟の一人に、軍太夫はつかつかと近寄り、その木刀を手ではねた。若者はよろよろとして床に木刀を打ち下ろした。

「こんな大技は芝居であれば人気があって、客にうけるが、お前より腕の立つ者であれば胴を二回ぐらい斬られているぞ。もう一度やってみよ。これが癖となる。もう直らんぞ。もう一度やってみよ」

そこに、頭髪も髭も赤い男が三人、ブーツの土足のまま上がって来た。

軍太夫は頭にきた。

一人の蘭人が、剣を抜いて軍太夫の前に立った。軍太夫は木刀を持って構えた。洋剣が空を斬った。ピューと音たて軍太夫に突きかかった。軍太夫は正眼に構えた。その剣をはらって、小手を打った。その時、骨の折れる音がして、手がブランとぶらさがり、剣は落ちた。打たれた者は両膝をついて、大声で泣いた。

二人目の蘭人は剣を抜いて構えた。軍太夫が中段に構えると、相手が突いてきた。ポンと音がした。あおむけになって、八髭の男が大声で泣いている。三人目が剣ではなく、短銃を帯から抜いたとたん、軍太夫の木刀が速いか、目に止まらぬほどの速さである。銃が床に落ちるや、三人目も大声で泣いた。

道場主や若者らは軍太夫の剣に今さらのように感心した。

軍太夫は日本の剣の恐ろしさをあらためて知らしめた。


それから一年は早く過ぎた。

安政丁巳《ていし》四年（一八五七）、軍太夫は二十七歳になった。

軍太夫は今日の自分に成長したのも決して無駄ではなかった、と思った。

大谷道場は最近、軍太夫の人気とともに門弟の数も多くなってきた。

「先生、こんなに門弟が多くなりますと、三日に一度は御出向き下さいませんか」

と大谷道場主が、軍太夫にお願いすると、

「はい、いいですよ、毎日でも来ますが……」

軍太夫はこころよく承知してくれた。

「有り難うございます」

軍太夫は、これから塾頭の四、五人を十分に教え込まないと、もし自分がいなくなったら困ることになるだろうと考え、それから三日に一度は塾頭の四、五人を徹底して教えた。その甲斐あって、軍太夫が近頃の塾頭が若者を教えているのを見ていると、満足のいく教え方をしていた。

「先生これでいいでしょう」

と軍太夫はにっこり笑って、道場主に言った。大谷は頭を下げ、

「大変助かります」

と礼をのべた。


道場からさほど遠くない人家の少ない場所に軍太夫がさしかかったとき、悲鳴が聞こえてきた。若い男のようである。軍太夫は、その声のする方向に、左手で刀を握って走った。

すると大木の裏側に二十五、六歳の塾生のような若い武士が「お金は出しますから助けて下さい」と三人の男にしきりと頭を下げて命乞いをしている。浪人ふうの三人の男は刀を抜いて、塾生を突こうとしている。

軍太夫は手裏剣《しゅりけん》を放った。浪人抜刀の者の左手に当たった。「いたいッ」と刀を落として手裏剣を抜こうとしている。軍太夫は、近づくや「このうじ虫野郎」と刀を抜いた。三人の浪人は斬りかかってきた。三人に峰打ちで小手を打った。三人共右手が音をたてて折れ、二度と刀を持てないようになった。

若者は気を失って倒れている。

「しっかりしろ」と軍太夫は背筋を押した。若者は目を開いた。軍太夫の顔を見て、「助かりました」とつぶやいた。横を見ると、三人の浪人が右手を左手でささえて泣いている。

若者は軍太夫に、

「危ないところを助けて下さいまして有り難うございました」

と頭を下げ、あらためて礼をのべた。

「なんの。傷はないか」

「はい、私は医塾生でこの近くで下宿しております。申し遅れましたが、私は尾張藩の家老の鈴木丹後守の三男で宗春と申します。こちらへ来てもう半年になります」

「さようか。私は赤松軍太夫と申す。私もまだ七、八カ月です。今まで兵法者で京、江戸へ。ここ長崎に来て蘭学を学び、そのかたわら近くの道場で教えておりますよ。鈴木殿、塾が引けるのは何時になるかな」

「はい、今日はめったになく遅くなりました。今日は解剖学で、いつもと違って人体を使っての学科でした。その人体の男は昨日、刑死された死体です」

二人は歩きながら話していた。

「そうか医者も大変だな。して宗春殿、金子はあるのか」

「はい、あります。毎月国元から送ってくれます」

「うん、そうか。宗春殿よかったら道場に来て気を紛らわせてはどうかな」

「はい、私は先生のお言葉にあまえて、行かせてもらいます。ところで先生の生国は？」

「わしは若狭だが……。と言っても丹後との国境で草深いところだよ」

二人の自己紹介は終わった。

「先生、さきほど若狭と言われましたな」

「さよう」

「私の同塾生に若狭木津ノ庄から熊谷元慶という御人がいます。一度話してみませんか。明日は七ツ頃（午後四時頃）医塾を出ます」

「よし分かった。明日七ツに門で落ち合おう」

二人は明日が楽しみである。

同郷人と会う

宗春は走って門に来た。

「先生、お待ちになりましたか」

「いや、私もさきほど来たのだ」

軍太夫は小半時待った。

宗春の横には、軍太夫と同郷人だという塾生がいた。

「先生、この方が木津ノ庄の薗部村の熊谷さんです」

「おお、熊谷殿か。私は内浦の鎌倉の生でござる」

「よろしくお願いします」

二人とも同じ生国といっても、ほんの近くにいながらお互いに一度も相手の村を見たことがない。

軍太夫は熊谷の顔を見ると、わしの年齢と同じぐらいかなと思った。

熊谷は軍太夫に丁寧に頭を下げた。

軍太夫が「宗春殿」「熊谷殿」と呼びかけると三人は手を握りあった。「御免を取るまで仲よくな」

軍太夫の言葉に、二人は力強く「はいッ」と言った。

大谷道場まで来ると、軍太夫は「ここだよ」と中に入った。若者達が木刀を打ち合っていた。

塾頭の本田が軍太夫を見ると、

「先生、いらっしゃいませ」

「うん、世話になる」

と言った。

「先生がお見えになりました」

と本田が道場主に知らせると、大谷は、

「先生、こちらへ」

と上段にすすめた。

宗春と熊谷は稽古を見ている。

「先生、この方達は」

「はい、二人とも医塾生で稽古を見たいと言われてな」

「さようですか」

本田が軍太夫の前まで来て、

「先生、ちょっと来て下さいますか」

と言うと、

「なんだ」

「はい、昨日来ました若い者が、わしは北辰一刀流だといって習おうとしないのです」

「誰だ、私の前に呼ぶがいい」

若者が軍太夫の前に来て一礼した。

「その方、北辰一刀流だと言ったな、構えてみよ」

若者が構えた。

「だめだ、そんな構えではない。こうだろうが、そんな構えで流派を語るものではない。もっと修業して来い。お前、どこで習ったか」

「はい、萩で坂本龍馬先生に習いました」

「ああ、そうか、もっと人一倍稽古をすることだ。私はな、名前の通り、江戸の赤松道場にいた。斎藤、桃井、橘、各道場にもな。江戸は道場は多いぞ、新陰流、神妙流、その他多くの道場がある。なかでも斎藤弥九郎先生のところには桂小五郎も私と一緒にいたのだ。斎藤先生は流派を持たない江戸随一の道場だ。私も流派などない。どうしてもと言うのであれば、私が相手になってつかわす」

「分かりました」

若者は力強く「はいッ」と返事をした。

「稽古を続けよ」

塾頭も言った。

「先生、奥にどうぞ」

大谷の言葉に、赤松も若者二人を連れて奥に入った。

「奥様、造作かけます」

「いえいえ、赤松様どうぞ、お二人様もどうぞ」

見れば酒肴の膳である。

「赤松様、手紙がまいっております」

軍太夫は誰からだろうと、首をかしげた。分厚い手紙であった。手紙の裏面を見た。差し出人は桂小五郎と書いてある。

軍太夫は、中を読まなくとも分かっている。桂と言えば弁太夫も一緒である。軍太夫の顔が険しくなって、読まずに大谷に手渡した。

「大谷先生、この手紙は読まなくても分かっております。どうせ道場の若者を倒幕に募る内容でしょうから……」

軍太夫は歯をくいしばっていた。二人の若者は軍太夫の顔を見て恐くなっていた。
二、三日たって桂と弁太夫が道場に顔を見せた。軍太夫は、顔を出さず隠れていた。軍太夫は隠れて弁太夫と話がしたかったが、我慢していた。
桂は軍太夫がいないのが分かると、早々に弁太夫と帰って行った。

「先生、どうでした？　若者の話でしょ」

「そうです」

「先生、私は許せないのです。みんなここにいましたか」

「いいえ一人も」

「それでいいのです。浪人がいくらでもいるでしょう」

「赤松先生、そうですよ」

大谷も軍太夫に話を合わせた。

軍太夫の胸が晴れない。

「先生、塾頭と稽古してみます」

「はい、本田」

と呼んだ。塾頭が大谷の前に来た。

「本田。先生が、お前と稽古をしたいとおっしゃっている」

「はい」

「本田殿、遠慮なく打ってこられよ」

「はい」

本田は打ってきた。前と違ってだいぶ上達している。軍太夫は木刀をはらった。みんな見ている。本田は軍太夫の胴を打った。軍太夫は、ひやっとした。他の者は胴に入ったと思ったが、軍太夫は間一髪と思いきや、受け止めた。みんなざわめいた。本田は打って打って打ちまくった。軍太夫は体をかわしたり、受け止めたりしていた。軍太夫の気合いはいつもと違っていた。

「よし、それまで。つぎ」

「私は川口進之助と申します」

と言ったかと思うと、川口は足を狙った。軍太夫は、まさかと思いきや、跳び上がって面を打った。頭が割れたかと思うほどであった。少しの間をおいた。

「よし、皆上達した。これで誰が来ても恐れることはない。だが自惚《うぬぼ》れたり、油断をして斬られてから後悔しても、何にもならんぞ。刀を付けている以上は真剣なつもりでな。頭はいつも空に、歩きながら考えることは大敗の元だ。分かったか。皆いつもその精神でな、いつ誰が斬り込んでくるか分からんぞ」

軍太夫は気が晴れたのか、頭を小さく振った。みんな「はいッ」と大きな声である。

大谷は、軍太夫のような兵法者は他にいないだろう。俺は果報者よ。こんな兵法者が来てくれて……、と頭の中で拝んだ。大谷は、こんな剣客者はもちろん九州でもいないだろうと思った。

軍太夫は熊谷、鈴木を連れて道場を出た。

「のう熊谷殿、一杯やるか。のう鈴木殿」

と笑って手で飲むまねをした。

熊谷と鈴木は「はい」と返事をして居酒屋に入った。三人が座った。

「のう、その方達、こちらに来てもう半年だの」

「はい」

「私は八カ月ですよ。みんな国へ帰ったら、お医者様だな」

二人は苦笑いしている。えらく自信のない顔である。

二人に酒をつぎながら、一時だいぶ酒も飲んだ。

「もうそろそろ帰ろうか」

「はい」

宗春は寮に帰ってから、筆を執り、軍太夫のことを、事細かに書いた。

「私が今こうして生きておられるのも、命を落とす寸前のところを助けてもらいました赤松軍太夫様という方は、剣は随一で江戸でも兵法者であれば知らぬ者無しと言われているそうです。今はこちらで蘭学を学んでおられ八カ月、私は六カ月ですが、軍太夫様が免許を取られたら、父上その方の身の振り方をお願いします」

というような内容の手紙を父宗近に書いた。それから二カ月後に父宗近から宗春のもとへ返事が来た。

「剣客者で蘭学者とあっては、尾張藩の家老瀧川豊前守、大道寺玄蕃、横井孫右衛門、山澄右近、石河佐渡守、下條左右衛門、成瀬主殿頭、それに父の鈴木丹後守の八家老がみんな同意見であるが、宗春、赤松先生が御免受のそれまで尾張藩剣術道場と蘭学塾所を造って待っている。あと六カ月の間に完成させるから、その時を見て先生と一緒に帰って来るように、我々も迎えることにする」

との返事であった。さっそく宗春は父の手紙を軍太夫に見せた。軍太夫は、しばらく黙っていたが、宗春のたってのすすめに承知した。

宗春は、ふたたび父に赤松先生が承知して下さいましたと手紙を出した。

また、その一カ月後、父から「お前が塾生御免許になっても、お前一人で帰るでない。先生と一緒に帰るがよい。それまで医の勉強をしておるがいい」という内容の手紙が届いたが、宗春はその手紙は軍太夫に見せなかった。


安政戊午《ぼご》五年（一八五八）三月、鈴木宗春と熊谷元慶は、一緒に免許皆伝巻物を受け取って、軍太夫に見せた。

「二人共ようやった。これから御医者様だ。して熊谷殿はいつ帰られる」

「はい、明日樺島から北前船で小浜港まで行き、小浜から薗部村に帰ります」

「そうか、それでは身体に気をつけてな」

「はい、いろいろお世話になりました」

二人にお礼を述べ帰っていった。

「さて、鈴木殿はどうする」

「はい、先生が知らぬうちに帰ります」

軍太夫はちょっと驚いた顔をして、

「おい、知らぬうちとはなんだ」

「いいえ、先生と一緒に帰ります」

と宗春はニッコリ笑って答えた。

「それまで何をするんだ。一刻も早く帰るといいよ」

と促すように言った。それに対して宗春は言った。

「先生、私は大谷道場で三カ月剣術を習います」

「さようか、それでいいのか、父上が心配されるぞ」

「いいえ、父がそう申されました」

「なに、えー」

軍太夫は驚いた。

「しかし、それでいいのか、剣術はどうでもいいが勉強はどうする」

「はい、それは合間にやります」

「そうか、それなら大谷先生に言っておく」

それから宗春は毎日下宿から道場へ通っていた。軍太夫は、宗春のことはすでに大谷に伝えてあった。

「先生あの息子は尾張藩の家老の子息ですから、遊びのつもりでお願いするよ」

「えー、そうですか、はい、よく分かりました」

軍太夫は塾頭にも頼んだが、三日に一度は道場に顔を見せるようにした。

大勢の若者の中に宗春がいた。軍太夫の顔を見ると、ペコリと頭を下げた。軍太夫は微笑んで、この前と同じように塾頭を前に出して打たせた。

「皆よく聞け、今日は洋剣と闘うときだ。洋剣術に剣先を輪にしたり、前後に何回も繰り返す。それを真《ま》にうけ、洋剣をはらいのけようとすると騙されて突かれる。洋剣は軽いから踊るように見えるが騙されないように、突いてくるのを待つ。手をのばしたら、はらい小手を打つ。じっと待つのだ。敵の踊りに騙されるな。お前達では、無理かもしれぬ」

軍太夫は、宗春を連れて道場を後にした。

しばらく行くと軍太夫は、首をかしげて、立ち止まった。

道鈍との対面

軍太夫は、まさかと思いながら近寄ってくる老僧をじっと見ていた。

軍太夫は「道鈍先生ですね」と問うたが返事がない。僧は知らぬ顔して歩いた。後を追うように「道鈍先生ですね」と何度も繰り返した。

その僧はようやく足を止めた。この僧は年老いて顔は窶《やつ》れて、髭は胸まで伸び放題。道鈍にくい下がる男を道鈍は不思議に思った。

道鈍は軍太夫の顔を見ていたが、思い出さないとみえて、目をそらした。それにしても僧は、わしの名を呼ぶ、日本国中歩いたが、わしの名を呼ぶのが長崎に来て初めてだと思い、また軍太夫の顔を見た。

「道鈍先生、私です。細田辰蔵です。今から十一年前、弘化三年の時です。私が十六歳でした。若狭と丹後の国境の村で一人の少年が剣術の稽古をしていました。その百姓の息子です。そこに先生が通りかかられ、二両の金子《きんす》を私に下さいました。そのとき先生は五十歳ぐらいだったと思います。あれから十一年になりますが……」

道鈍は、ようやく分かってきたとみえ、微笑んだ。

「先生のお子さんの供養も、もう十分なされました。もうこれで終わられてはいかがです、これでは先生の体がもちません。京へ帰りましょう。ここではどうにもなりませんから、ひとまず大谷道場に行きましょう」

と軍太夫は道鈍と一緒に道場に入った。

道場主と奥方に話をして、「世話になります」と言うと道鈍の僧衣を脱がせて、

「奥様、お風呂をお願いします」

「はい、ただいま沸かしております」

軍太夫は道鈍の体を流した。骸骨のような道鈍の体、ここまで十一年もの長い間よくぞもったものだと、軍太夫はしみじみと思った。道鈍は軍太夫を我が子のように言われるままになっていた。

軍太夫は、口にこそ十一年と言うが、厳しい寒い冬の日を、暑い夏の日を、どしゃぶりの雨の日をどのように過ごされてこられたのかと思うにつけ、軍太夫の目には涙が流れてきた。軍太夫は道鈍を風呂から上げると、布団に寝かせて、じっと道鈍の顔を見ていた。道鈍は軍太夫は、耐えきれず「先生」と道鈍の身体にしがみつき、大声を出して泣いた。道鈍は軍太夫の背を力なく叩いた。

道鈍とて、自分が道場で殺した息子に長崎で出会った思いであったのだ。

この年の三月に第十三代将軍家定が亡くなった。

家定は病弱で嗣子がない。結局、第十四代将軍慶福《よしとみ》（家茂《いえもち》）が大老井伊直弼により紀州藩から迎えられ、和宮との結婚となった。

将軍家定に嗣子がなく将軍継嗣問題が起こったのである。

これには徳川斉昭の子一橋慶喜《よしのぶ》を推す一橋派と、一方、紀州藩徳川慶福を推す南紀派とで争った。一橋派徳川斉昭を中心とする雄藩連合による幕政独裁による難局打開と開国を主張する井伊直弼の大老就任によって南紀派が勝利を収めた。

第八代将軍吉宗から第十五代将軍継嗣問題では、尾張か紀州か水戸かの徳川御三家があり、その他に一橋家、田安家の二家があるが、将軍家に迎えられたのは紀州からがほとんどであった。十五代慶喜だけがちがった。前代から尾張は一度もなかった。前代から将軍家に対して陰謀があることは何度もあった。

軍太夫が蘭学を修める三月まで、道鈍は道場で指導と身体の回復に専念した。

軍太夫が京の山形道場に手紙を出したその返事が一カ月ぶりに届いた。それは、大変世話になったという道鈍の弟進之助先生からであった。

その文面には「兄道鈍が行方不明で半ば諦めていたところ、まさか貴殿から、それに長崎で発見されようとは思わなかった。すぐさま迎えに行きますから、しばらくお待ち下され、幾重にも御礼を申す」と書いてあった。軍太夫はその手紙を読み終わってから、押しいただいた。

思い出せば十八歳で京に上り、百姓の子供を武士にしてくれた大恩人である。あたら二十八歳の今日、江戸でも赤松軍太夫と言えば、剣客であれば誰でも知っているほどの人物となったのも山形兄弟先生の御恩によるものであると、深く感謝するのであった。

それから四日目に山形進之助が門弟を従えて、大谷道場に現れた。

「先生、ようこそおいで下さいました」

「細田殿お世話になり申した。この通りお礼を申し上げます」

「いえいえ、先生、お礼なんて、ただ偶然の出会いでした。私が見逃がしていたら、一生会えないところでした。もう十一年前とは違います。まさかと思いながら近づいたところ、先生は昔のことをちょっと思い出せなかったようです」

「さようでござったか、世話になり申した」

「いえいえ、先生にお世話いただいたことを思えば、何のこれしき。それにしても、お元気で何よりです。見て下さい、若い者を相手に木刀を打ち合っておられます」

微笑んでいる進之助に軍太夫は、

「先生、この方が大谷道場主です」

と大谷を紹介した。

「お初にお目にかかります。大谷でございます」

と大谷は頭を下げた。

「いやいや、大変世話になりながら申しわけござらん」

と進之助も深々と頭を下げた。

「ばってん何の世話もできませんで……」

山形は大谷のその〝ばってん〟の言葉は、長崎に来て初めて聞いたせいか、なんともいえない可笑しさがこみ上げてきた。

「山形先生、四、五日前に小野源次郎殿と桂小五郎殿が、この道場に薩摩からの帰りに立ち寄られましたが、会いませんでした。私は組織的なことは嫌いですが、それでも小野殿には会いたかったです」

「そうであろう。京でも組織的なことが流行して若者が血気づいていますよ。私も好きではないですよ」

「先生ご覧下さい。道鈍先生は若者相手に、のびのびと若返って楽しんでおられます。これでいいのですね」

軍太夫がほっとした顔で、山形の顔を見た。その顔は微笑んでいた。

「細田殿、もう昔のようではないが、元気でいてくれれば、それでいいですよ」

「先生、ゆっくりして長崎を見物して下さい」

「うん、そうしたいのだが、京も時世で一寸先が見えないよ。早く帰ります」

「それでは、船はどのように」

「船は約束してあるので、心配ないです」

「そうですか、ゆっくりもしておれませんですね」

山形進之助は道鈍と供を二人連れて帰って行った。

「先生、お元気で」

道鈍は微笑んでいた。

「細田殿もお元気で、大谷先生お世話になりました」

と頭を下げて行った。そんなことがあってから二日後のこと、軍太夫が道場に入ったら、大谷が、

「先生面会人です」

と言った。誰であろう、軍太夫は首をかしげた。しばらく立ち止まって考えていたが分からない。

「先生、才谷《さいたに》梅太郎と言ってました」

大谷が言うと、

「才谷、そんな人物は知りませんよ。私に……」

軍太夫は嫌な気分であった。

「先生、私と一緒にいて下さい」

軍太夫が大谷に頼んだ。

「私がいてもいいのですか」

坂本龍馬と初対面

奥の部屋に行くと、二人の侍がお茶を飲んでいた。才谷という人物の前に大谷と一緒に座った。軍太夫は対面する相手に頭を下げず、

「私が赤松軍太夫でござる」

「おお、私は才谷梅太郎と申します」

「斎藤道場にいました水野兵助です。会いたかったです」

と水野が言ったが、軍太夫は知らぬ顔していた。

才谷は、「人が言葉を交しても、一言もしゃべらぬ、無礼な」といった顔をしている。

軍太夫は、才谷なる人物が何を考えているのか分かっていた。

「先生しばらくでした。あれから四、五年になりますか」

と水野が話しかけると、軍太夫は、

「斎藤先生はお元気か」

と尋ねた。

「はい、今は年をとられましたが、お元気です」

軍太夫は土佐弁の才谷梅太郎なる者、何者なるやと梅太郎の方に顔を向けた。


ここで土佐（高知県）の郷士、坂本家の先祖について記しておこう。

龍馬誕生秘話として、龍馬の母親の幸《さち》が妊娠中、雲龍奔馬が胎内にとびこんだ夢を見たことから、龍馬と名付けられたという話が伝わっている。

龍馬の先祖は近江坂本の逆臣明智光秀の一族であるといわれている。

天正十年（一五八二）の明智の滅亡により近江坂本の城主明智弥兵次秀満の子が城を脱出して土佐に入って長岡郡才谷村に潜んだという。

坂本家の家紋が桔梗《ききょう》であるのは明智の血をひいているからだという。

しかし土佐にくるまでの先祖のことは、つまびらかではない。はっきりしているのは土佐での始祖坂本太郎五郎の基碑には山城の国に生まれ、弘治、永禄（一五五五〜六九）のころ幾内の乱を避けて才谷村に来た、と刻まれてあることだ。

すると光秀の在世中のことになるから、この話の趣向は崩れ去るのである。草深い才谷村で百姓をしていたと思われる。

坂本家が高知城下に出て来たのは太郎五郎から四代目の八兵衛守之の時代で、寛文年間（一六六一～七二）になってからである。八兵衛守之は「才谷屋」という質屋をはじめて、まもなく酒屋を開業して、一家の経済基盤を確立した。

それから、その子与八郎衛正禎の代になって商売は大変繁盛して享保十六年（一七三一）には本丁筋の年寄役に推され、土佐藩八代の山内豊敷に拝礼を許される。

才谷屋が城下屈指の商家に発展したのは、正禎の子の八郎真益の宝永・元文年間（一七〇四～四〇）で、使用女中十余人の繁盛ぶりが見える。

坂本家の一人娘の幸のもとに婿入りした養子である実父は潮江村の郷士覚右衛門で、のちの龍馬が親交を結んだ、武市半平太（瑞山）は縁辺にあたるのである。


「才谷殿、私が御用の趣きを承りましょう」

と言う軍太夫の顔を才谷はしばらく見ていたが、才谷は軍太夫の顔を見て感じた。桂先生もわしも歯の立つ相手ではないと思った。

この目は人を射る。この面構えは、一寸の隙《すき》もない。

才谷は仕方ない、何とか言わないかんだろうと思うと、

「赤松先生に是非お力をお借りしたいと思いまして、水野君と僕とこうして先生にお願いにあがったのです」

と言った。軍太夫は、この者達の言うことは、はじめから分かっていた。「僕」とは「自分」のことを指し、君とは「様」とか「殿」のことである。（龍馬が初めて、僕、君と言った）

「才谷殿、私にお力と申されましても、私はまだ修業の身でござるゆえ、ご無理かと思います。たとえお力をお貸ししても、十分な働きもできず、皆さんに御迷惑をかけて、足手まといとなりましょう」

才谷は、これ以上言っても無駄だと思った。この赤松が桂先生を打ち負かしたのも、なかなかの腕だ。とても自分には無理だと思った才谷は、

「大変無理をおかけいたしました」

と述べ、右手で刀を取り一礼して立った。

軍太夫は、人に頼みに来るのに変名を使うとはと、才谷の顔を見た。

「先生、お元気で」

と水野も言ったが、軍太夫は、知らぬ顔をしていた。

軍太夫は、こうして小野源次郎（赤松弁太夫は後に名を改め龍之助、海軍大佐となる）も彼らと一緒に行ったのか、とふと思った。

「大変邪魔いたしました。水野君帰ろうか」

「はい」

水野は懐かしそうに軍太夫の顔を振り返り見ていたが、軍太夫は鬼の気持ちになっていた。

「赤松先生、あの才谷はどこへ行っても変名を使っているのですか」

と、大谷が軍太夫にたずねると、

「そうでしょうね」

と、軍太夫は言った。

「ところが、いくら変名を使っても、土佐弁の〝マッコト〟では、すぐばれますよ」

と軍太夫が言うと、大谷は笑った。

「大谷先生、あの才谷が、江戸、お玉ケ池の千葉道場では坂本でした。龍馬は土佐藩の者であるが、町郷士の次男で、なんでも幼名を直柔《なおなり》と言って、名乗っていたそうです。それに才谷とは、頭にきましたね」


もう少し坂本龍馬についてふれておこう。

黒船の来航で、天下は騒然とし、龍馬は尊王攘夷論者と交わった。

海外の事情に目を開かれたのち、海援隊幹部となる。近藤長次郎、新宮馬之助、長岡謙吉らと親交を結んだ。

安政乙卯《おつぼう》二年（一八五五）ふたたび江戸に出たが、文久辛酉《しんゆう》元年（一八六一）、武市瑞山の土佐勤王党に加盟、京坂や長州の間を南船北馬した。翌年、幕府軍艦奉行の勝海舟（安房麟太郎）の門に入る。この頃から文久癸亥《きがい》三年（一八六三）八月にかけて尊攘過激派の急進的討幕運動が激化しつつあった。

龍馬は勝麟太郎をたすけて神戸海軍操練所の設立に尽力し修業した。

勝の紹介で西郷隆盛を知り、薩摩藩の援助により長崎で亀山社中または亀山隊をおこした。これが後の海援隊である。

その後、薩長同盟を成立させ、幕府の大政奉還を実現させるなど、新統一国家の建設をめざしたが、慶応丁卯《ていぼう》三年（一八六七）十一月十五日、龍馬は京都河原町三条下ル蛸薬師角の近江屋という醤油屋の二階で暗殺された。享年三十三歳であった。


翌日、軍太夫は大谷道場に行った。

若者達と一緒に練習をしていた鈴木宗春が、いつものように頭を下げて軍太夫に微笑んだ。

軍太夫は久々に木刀を取って一振りした。その音はいつもと変わらぬ鋭い音である。そ

して軍太夫は、

「みんなよく聞け。これから塾頭の四人に襲わさせる。みんなよく見ておれ。なぜ四人もいてこんなことで負けるのか。四人が一度にかかれば相手は一人だけなのに……。よいか、その答えを自分の判断だけではだめだぞ、質問せよ。よいな、分からんままでは今から帰って寝ているがいいぞ。分かったか」

みんな「はい」と元気な声である。宗春も真剣であった。

軍太夫は鉢巻と襷《たすき》をして木刀を握った。左手に竹刀の小刀を手にして場内中央に進み、塾頭の横隊の前に立った。

「よいか、このまま襲われたら、私が負けるに決まっている。今からよく見ておけよ。よし、かかれ」

四人が一度に面にかかった。

軍太夫は、左に跳んで左の者の剣を大刀ではらい、左の小刀で腹を差した。右の三人は走って正面からかかる。

軍太夫は左へ左へと場所をかえ、大刀で相手の剣をはらって腹を差す。あと二人だ。二人の塾頭は軍太夫の右、左へと離れる。その時、左の者が面を、軍太夫は前に跳んだ。その時、右の者が勢いよく突いてきた。その剣をはらって左肩を斬った。あと一人、左にいた者が軍太夫の小手を打ってきた。その剣を小刀ではらった大刀で相手の右肩を斬った。

大谷はこれを見て、思わず拍手した。みんなも、手をたたいた。

「これから皆に聞く。塾頭、前に出よ」

「はい」

「聞くがよい」

と言われても芝居と違い、あまりにも早く終わったので、どう聞いてよいのか分からない。しばらく待ったが質問がない。

「これは宮本武蔵が初めてあみだした技だ。あとで塾頭に聞くがよい」

と軍太夫はみんなに向かって言った。

「先生お休みになって下さい」

と大谷が言うと、軍太夫は鉢巻と襷を外して道場主に一礼した。大谷は深々と軍太夫に頭を下げた。

「大谷先生、私もあと一カ月半です。それまで塾頭を鍛えておかないと。もし内戦で倒幕運動になるやもしれませんよ。道場を守り、若者を死なせるわけにはいきませんからな」

大谷は聞いていて、ただぺこぺこと頭を下げていた。大谷は返す言葉もなく、

「こんなにしてもらいまして」

「なになに、私こそお世話になり、何と言っていいか言葉もありません」

「いや、先生のこられる前と今とでは若い者は大変な違いです」

と大谷が感謝して頭を下げた。

「大谷先生、これも時代ですよ。倒幕となったときのことを考えておく必要があります。そしたら武士は終わりとなります。そうなった場合、陸援隊の剣術道場となり、生き残るかです。その辺のこともよくお考えになって下さい」

「はい、よく分かりました」

「ところで大谷先生、お子様は」

「はい、一人おります。体が弱いので、今、長崎のはずれにある親戚の所で養生させています。今年二十一歳になります」

「そうですか、奥様も心配でしょうな」

「はい」


四月の二十日、とうとう軍太夫の蘭学塾卒業の日が来た。軍太夫ら三十七人の塾生が世に羽撃《はばた》いた。

赤松軍太夫は大谷道場主と奥方にお礼を申しあげるため奥の間で、

「先生、奥方様、いよいよお別れの日がまいりました。大変お世話になりました。お礼のお言葉の申しようもありません。先生、塾頭には十分教えてありますから、あとは稽古しだいです」

大谷は、

「何から何まで心配り大変お世話になりました。これは、ほんのお礼というより餞別でございます。お納めになって下さい」

「それは、なりません」

と幾度も返したが、

「先生、それでは私の気持ちがすみません」

と大谷は深々と頭を下げた。

「そうですか、それではお言葉にあまえて……」

と軍太夫は押しいただいた。

「先生、お気をつけになって下さい。今後のご活躍をお祈り申しあげます」

と奥方からも言葉をいただくと、軍太夫と鈴木宗春は旅支度をして表に出た。道場の塾生を前に、

「みんな、いよいよ別れの日がきた。みんなにも、無理や嫌なことを言ったと思う。剣の

道を志す者は、自分に厳しくなくてはだめだ。御身大切のような剣は他の者の笑い者になるだけだ。それでも、一人の落伍者もなく元気に今までついてきてくれた。私はこれから、ここにいる尾張藩の家老鈴木丹後守の子息と一緒に尾張に行くことになるが、この後大谷先生や塾頭の教えをよくまもって剣の道を学んでもらいたい。今の日本は倒幕運動が激しく揺れ動いているが、みんなこれに屈することなく、剣と自分の信念で動いてくれ。自分で分からぬことがあれば、大谷先生に尋ねることだ。塾頭は、お前達の兄だと思って信頼の誠を尽くさば必ず真の剣が芽生える。分かったか。ではみんな元気でな。人間一度は別れがあるものだ」

若い塾生の中には、涙ぐむ者が多かった。

ばってん長崎との別れ

軍太夫と宗春は、道場を後にみんなに見送られて出ようとしたとき、飛脚が飛び込んできて、

「赤松軍太夫様、おられますか」

「身共だが」

「はい、長州の高杉晋作様からのお手紙でございます」

軍太夫は手紙を受け取り、嫌な顔して開封せずに大谷に手渡した。

「先生、あとよろしくお願いします」

と頭を下げた。

空は晴れて二人の旅は絶好の天気であった。


高杉晋作は長州（山口）の生まれ。幼名春風、通称晋通。

少年時代から詩歌をよくした。青年時には兵法書を研究し、その後吉田松陰門下に入り、文久辛酉《しんゆう》元年（一八六一）春二月藩主の命で幕吏とし上海に渡り視察。八月帰藩復命。その冬、江戸に赴いた時に、久坂玄瑞らと御殿山の洋館焼き打ちを謀ったが、果たせず京都に、二年夏帰藩し松下村塾に蟄居。翌年六月、攘夷論起きるや藩主に願って奇兵隊を組織し隊長となっていたが、元治元年（一八六四）冬、国老が勤王を主唱したため幕吏に捕えられんとした。

晋作は逸早く脱れて筑前の野村望東尼《ぼうとうに》の家に潜んだが、国老殺されると聞き、大いに怒り馬関に来り四方に檄を飛ばした。勤王の志士を募り慶応二年（一八六六）藩の海軍を率いて幕軍に当たらんとしたが事ならず。病により慶応三年四月二十九日、二十九歳で馬関において没した。

軍太夫と宗春は船に乗り四国沖に出た。

五月晴れ、波静か風はほどよく吹いて、絶好の航海日和である。二人は海を見ていても陸は見えず、行き交う船もほとんどなかった。

「宗春殿、このぶんだと一日早目に尾張に着くと船頭が言っているよ」

「そうですか。先生、私は船には弱いのですが、今は大丈夫です」

「そうか、寝ているほうがいいよ」

「はい、そうします」

陸は見えず、周りを見渡してもこの船だけである。

第二部

尾張藩六十二万石

尾張港に着いた。宗春は三年半ぶりの帰郷であった。

港から藩邸までの長い道で、名古屋の御城が見えてきた。なんといっても城と言えば金の鯱《しゃちほこ》である。半日がかりで藩邸家老屋敷までたどりついた。

軍太夫と宗春は旅の埃《ほこり》を手拭で叩き落とし、服装を正して屋敷の門をくぐった。

「宗春が帰ったと言ってくれ」

と宗春が門番に伝えると、門番が奥に入って行った。屋敷侍達が並んで、

「若様お帰りなさい」

と出迎えてくれた。

宗春が「ただいま」と玄関に入ると、長男の宗辰、二男の義宗、それに父の家老鈴木丹後守宗近と母よしの、それに女中五人も正座して迎えてくれた。

「赤松殿ようこそ。宗春がいろいろお世話になりまして……」

と父、宗近が軍太夫に礼を述べた。

「いや、鈴木様、私とて、その場に居合わせたというだけで、とてもそんなお世話などと、

とんでもございません」

「父上、母上、赤松先生は剣術も教えて下さいました。私もだいぶ上手になりましたよ」

と宗春が言うと、母のよしのは口に手をあて、

「ほほ、ほほ、この子ったら」

と言った。父宗近も嬉しい顔をして、何回も頭を下げて、

「赤松殿、何と礼を言ってよいやら」

嬉し涙を出していた。

「ささ、ひとまず部屋に案内しなさい」

と女中に言った。

「奥、よかったの。あの宗春だけが体が弱く心配であったが、よかったのう。奥」

「はい、そうです。危ないところを赤松様に助けられ、本当によかったですね」

「本当にめでたい。明日、殿に目通りしてそれからだ。宗春はお医者様だよ。奥」

「よかったですね。三年は長いと思いましたが、早いものですね」

「のう、早い。それだけわしも年をとったわけだ。早く宗辰に家督をゆずって楽になりたい」

軍太夫は周囲を見て、さすが尾張藩だな。掛川藩とは大違いだと思っていた。そこに、

宗近が襖を開けて入って来た。

「赤松殿、明日でもよいが、道場や蘭学塾所は出来ていますので、宗春と二人で見て下され。二百人は稽古ができると思いますよ」

「何から何まで私のためにご心配かけまして」

「なんの、これも藩のためですよ」

「御家老様、明日が楽しみでございます」

軍太夫は、なんと二百人とは、さすが尾張藩だと思っていると、

「赤松殿、蘭学塾は藩の主な者全部が来ますから、それで広く造ってありますが、宗春の診察室を一部使わしてもらいます。その前に、お城に登り殿にお目通りいたさねばなりません……」

「はい分かりました」

「殿様、赤松様、宗春様どうぞ、いらして下さいませ」

と女中が呼びに来た。「先生行きましょう」と宗春が軍太夫をさそった。部屋は明るく、そこには母と長男、二男が座っていて、家老宗近、三男宗春、軍太夫が入って六人の席があった。宗春と軍太夫が一緒に座った。

「今日は我が家にとって大変嬉しい日だ。宗春が三年半の長きにわたり医術の勉強を終え、

赤松先生と一緒に帰ってくれ、めでたい日だ。それに今日紹介する長男宗辰と二男の義宗には一度に縁談がまとまり、嫁となる者を二人、赤松殿、宗春これからも、よろしくお願いするよ。長男のお愛だ。美しく着飾って入って来た。次は二男のお峰だ、よろしくな」

と、宗近が紹介すると、

「赤松軍太夫です」

と挨拶をした。それから酒盛りがはじまった。

「先生、明日から診察するのですが、自信がありません」

と、宗春がそっと軍太夫に話しかけた。

「何を言うのだ。誰でも初めから自信のある者などいない。塾で習った通り、まず問診、検診、そして多くの患者の悩みや訴えをよく聞き、患者の体にさわってみる。その経験の積み重ねが勉強になるのと違うのか。何事も自分を信じ、信念を持ってやるのだ。病気は心の病とか言う。患者の気持ちをまず、やわらげ、医者は後を手助けすると聞く。そうと違うのか。また病は薬と言うが、薬は一部に過ぎん、分かるか」

「先生は医塾の先生みたいですな」

「馬鹿申せ」

と小声で話す二人である。

「のう宗春殿、何事もだめだと思うと、とことんだめになる。剣の道でも同じだ。追いつめられ、もうだめだと思うとき、不思議な力が出るものだ。その力は自分の力ではない、死と生の力が加わって出る力が成功につながるのだよ。やるしかない、よいな。自信のない言い方はだめだぞ。患者を勇気づけるのだ。そうすると患者から、あの先生は名医だというこ とになる」

宗春は笑った。

「宗春、先生と何を話していたのだ、なも」

父宗近がたずねると、軍太夫は思わず笑った。

「先生、何が可笑しいのです?」

宗春が軍太夫に問うと、

「ごめん、宗春殿、坂本龍馬がマッコトと言っただろう。それに大谷道場主のバッテンだろ、尾張のナモとヨウだろ」

「先生、そうですね。方言っておもしろいですね」

「ところで赤松様、この宗春は気が弱くてだめです」

母よしのが軍太夫に話しかけた。

「お母様、それがいかんのです。ますます宗春殿を弱くします。今日から、お医者様ですから」

「そうですね。悪うございました」

「宗辰、義宗、明日から毎日、赤松道場に行くんだ。先生に教えを請うのだ。よいな、今の世の中はいつどうなるか分からんから……。自分を守り家内や子供を守るためにもな、よいな」

と、父宗近が二人の兄にも一言諭していた。

鈴木家の今宵は賑やかに暮れていった。

翌朝、五ツ半（九時頃）父の宗近が登城することは、宗春と赤松の無事帰藩の報告と軍太夫の尾張藩の道場主としての挨拶である。

今日も良い天気である。宗近はこの朝ゆっくりと起きた。

「のう、よしの、今日はなんだか、気が先走って朝もゆっくり寝ておれんわ」

妻よしのは、元気よく笑いながら、宗近の登城準備の衣服の裃《かみしも》と袴《はかま》付けを手伝っていた。

「宗春に五ツ過ぎ（朝九時頃）に出るからと言ってたもれ」

「はい」

女中がよしのの言葉を伝えに、宗春と軍太夫の部屋に来ると、障子は開け、いつでも出発できる準備が整っていた。

「奥様が五ツ過ぎに出発できるようとの、お言葉でした」

「あい、分かった」と宗春は女中に微笑んで答えた。

宗近は女中が差し出すお茶をゆっくり飲みながら、

「なあ、よしの、我が家も万々歳だの」

よしのに声をかけた。

「本当によかったですね」

と言いながら、よしのは大小を宗近に差し出した。

「さあ、行って来る」

「ご無事で」

女中は、宗春の部屋にもどる途中、宗春と軍太夫に出会った。

「殿が今、出られました」

宗春はちょっと緊張ぎみである。

「うん分かった」

玄関に出てみると、宗近はお駕籠の人であり、お駕籠を担ぐ中間《ちゅうげん》四人、家老侍は横に四人、その前に六人、先頭に一人、お駕籠の後ろに四人の総勢が出発、歩き出した。後を見送る妻よしのと女中達、そこにちょっと遅れて宗春と軍太夫が草履をそそくさと履き、

「奥様、行ってまいります」

軍太夫は微笑んで言った。

「いってらっしゃい」

「母上行って来ます」

「はい」

よしのは宗春の元気な姿が嬉しくてたまらなかった。

そこへ長男の宗辰と二男の義宗が、目をこすりながら玄関に出て来た。

「なんですか今頃、宗春を見なさい立派になって。宗春に恥ずかしくないのですか」

すると二男の義宗が「別に」と言った。

「はい、分かりました。父上がお帰りになりましたら、その旨申しますから」

「母上、冗談ですから」

と母にしがみついた。

「しっかりなさい」

と母は義宗を睨みつけた。義宗は三人のうちでも一番出来が悪い子で、両親の心配の種であった。

一方、軍太夫は後ろから歩いていて、さすが六十二万石の、御家老であると感服した。

お城の門で、門番が頭を下げ、なんなく駕籠は城内に入った。

軍太夫と宗春は昨日の旅姿である。玄関に入って長い廊下を歩いて、殿に目通りする大広間には、すでに家老職の面々が揃っていた。

宗近は両側に並ぶ家老達に一礼した。そこには瀧川豊前守、大道寺玄蕃、横井孫右衛門、山澄右近、石河佐渡守、下條庄右衛門、成瀬主殿頭の七人で、右側に四人、左側に三人と並んでいた。

「皆様少々遅れ申した。ご迷惑をおかけ申した」

と宗近は中央にいて、皆に詫びた。すると「殿さま、御なりー」と声高らかに言った。一同平伏した。軍太夫と宗春も一緒である。軍太夫はいささか緊張ぎみである。軍太夫とて、こんな所は初めてである。

殿様は着座された。みんな面《おもて》を上げた。

「恐れながら申し上げます」

と宗近が言うと、尾張藩主十四代徳川慶勝は「うん」とうなずいた。

「前もって申し上げておりました剣術道場と蘭学塾、それに医術診察室工事終了と、それから赤松軍太夫は長年にわたり剣術兵法者として京の山形道場塾頭、江戸に至り斎藤弥九郎道場の塾頭、桃井春蔵道場の塾頭、それに橘道場ほか千葉道場各所の塾頭となり、他流試合においても一度も負けたことなく、その後長崎では大谷道場で教授して、オランダ士官三人を一度に倒すなど、それぞれに成績を修め、剣の道のほか蘭学も修め卒《お》えました。私の息子、宗春は三年半にわたり医学を学んで免許皆伝を修めて、無事帰国することができましたことを御報告いたします」

二人の巻物を慶勝公に見せた。

「二人共よく学んできた。誉めてつかわすぞ。二、三日休み、藩の指導に尽くしてくれよ、大儀であった」

と言うと、殿は退出された。

瀧川豊前守から鈴木丹後守に「赤松軍太夫の禄高通知をのちにお知らせします」とのことであった。

翌朝、軍太夫は宗春と一緒に剣術道場と蘭学塾を見に行き、真新しい檜の香る広い道場を見て、これは百人はゆっくり稽古ができるであろうと思った。

「宗春殿、よくぞここまでこぎつけたものよの」

「先生、明日から希望が持てますね」

「宗春殿、人間という者は環境次第で、勇気づけられたり、だめにもなるのだな」

宗春も同じことを考えていた。

「先生は大変ですね。剣術や蘭学やで二役ですね」

「それどころか、宗春先生もだ」

「先生はやめて下さいよ。先生なんて呼ばれるのは恥ずかしいです。今まで何もしていませんから」

「宗春殿、患者を診る前に薬の作り方も教えて、若い女の子など看護人を募らねば……。薬剤関係には薬研《やげん》を使うから男の仕事だね。少なくとも十人の人手がいるね」

「そうですね、さしあたり四、五人と薬屋に話をしておくようにしたいと思います。しかし急には、なかなかですね。会計、薬を読める者、先生やはりわしには無理ですよ」

「何を言うのだ、自分だけではないぞ。患者を診察すると、記録する、患者に薬を投与する、そして病名、薬は何日分、それに薬価の後、会計と、なかなか急には教えられぬぞ」

「先生、藩の成瀬主殿頭の長女で十八歳のマユミさんがいます」

「そのマユミさんと早く話をし、気の合う者でないと……。仲が悪くなるのはいかんぞ。若者を募らせるとよいな。薬を間違えましたではすまされないぞ」

「はい」

それから開業まで一カ月かかった。

安政己未《きび》六年（一八五九）一月二十日、いよいよ宗春の診察がはじまった。患者は現在、十五人であった。今の宗春にとっては、患者は少ないほうがよいが、夜中に急患がある。これには宗春も弱った。それでも滑り出しはよかった。

宗春先生は棒形の聴診器を患者の胸や背にあてていた。それから十五日の日数が過ぎた頃、鈴木宗近から家老侍が軍太夫のもとに使者としてつかわされた。筆頭家老侍が目録の書状を三方《さんぼう》にのせ、口より高く恭しく持って来た。

筆頭侍は三人を従えて軍太夫の前に座った。軍太夫も正座し、録書状に頭を下げた。表の書状には葵の紋が付いている。中の書状には赤松軍太夫、本日より尾張藩剣術指南役を命じ、禄高百五十石を与うるものなり。安政己未六年五月三日、尾張藩主徳川慶勝と書いてある。

軍太夫は三方の書状を「はは」と頭より高く押しいただいた。

(百五十石取りといっても、百五十石全部入るのではなく四公六民である)

軍太夫は、尾張藩剣術指南役を命じられてからというもの、毎日剣術を午前中に、午後は蘭学と二役を一日のうちにこなしていた。

安政六年六月三日、鈴木家の長男宗辰とお愛、二男の義宗とお峰、一度に二組の祝言が自宅で行われた。

広い座敷に四列縦隊で正面の両側に長男、二男、正面は両親である。軍太夫は、三男の宗春と隣り合わせに座った。両方の媒酌人は石河佐渡守、同じ家老である。晩から朝まで夜を徹しての祝言であった。

安政の大獄

八月になって幕府は尊王攘夷論を唱えた。

志士の梅田雲浜《うめだうんぴん》は小浜藩士であったが、小浜を追われ、安政の大獄で捕えられ獄中で病死した。

また越前藩士橋本左内は藩医の家に生まれ、緒方洪庵に学び、江戸に遊学。将軍継嗣問題で藩主松平慶永の命を受けて一橋慶喜の擁立に尽くしたが、安政の大獄で刑死した。

頼三樹三郎《らいみきさぶろう》（一八二五〜五九）は、頼山陽の子で江戸の昌平坂学問所に入ったが、郷里の京郡にもどり家塾をつぐ。梁川星巌《やながわせいがん》や梅田雲浜らと尊王攘夷運動に奔走したが、安政の大獄で刑死した。

吉田松陰（一八三〇〜五九）は、弘化二年（一八四五）、山田宇兵衛に兵学を学んだ。密航せんとして捕えられ投獄。その後、松下村塾を開き、高杉晋作らを教えるが、幕政を批判し、安政の大獄で刑死した。

こうして倒幕運動がおこり、世の中が慌ただしくなってきた。

九月半ばになっても、残暑はやわらぐどころではない。剣道衣が汗びっしょりになる。軍太夫は外の風にと思って出てみたが、容赦なく陽が照りつける。空を見て、にがにがしく、「よく照りやがる」とぶつくさ言っていると、一人の武士が、微笑みながら軍太夫に近づき、ぺこりと頭を下げた。

西郷隆盛と武市半平太

今まで見たことのない、役者かと思えるような男が、つかつかと軍太夫の前までくるとぺこりと頭を下げた。

「ちょっとお尋ねします。もしや貴殿は赤松先生ではございませんか」

とその男は丁寧に言った。

「いかにも私が赤松でござるが」

「私は土佐の武市半平太《たけちはんぺいた》と申します。昨年、坂本龍馬君が先生とお会いして、先生の才能をどうか国のためにお使い願いませんかと。また桂小五郎君も高杉晋作殿からも、どうか先生のお力添えをお願いしたいと申してこられましたが、このたび私も是非、初めてお会いして重ねてお願いに上がりました。実は私が先生とお会いするのは、これで二度目です。江戸の桃井春蔵先生の道場にいましたとき、先生のお顔を拝見したのですが、試合の途中だったためお会いして言葉も掛けられませんでした。私はたった今、京から西郷隆盛先生と一緒に来たばかりです。先生は藩主徳川慶勝公と会見されておられます。この前の安政の大獄に多くの志士が処刑されましたが、私達もこれら先輩諸氏に劣らぬよう王政復古になるまでがんばってまいります。なにとぞ赤松先生のお力を、お国のために倒幕のために賜りたくお願いできないでしょうか」

赤松はちょっと弱った。再三の頼みである。どうしたらよいか、どう言ったら聞き入れてくれるかな、と思った。そこで軍太夫は逃げ道を考えた。

「今、殿と西郷さんが会っておられる。そこで藩主が赤松ちょっと来いと言われるのを待っています。それからの返事です」

武市は、軍太夫の顔を見ていた。あの桂さんや坂本でも歯の立つ男ではない。だが西郷さんならと、武市が思っていると、どうも会見が終わったらしい。大きな相撲取のような体が軍太夫のところに歩いてきた。太い眉毛、大きな目それに大きな口、これはと軍太夫は一目見ただけで緊張した。それを、武市が見ていた。

武市は、西郷さんにはいいかげんなことは通用せんぞ、と赤松の出方を見ていた。

「先生、この方が赤松先生です」

「うん、今藩主に聞いた。私が西郷です」

と言っただけで、赤松はなんと迫力のある御仁だと思った。

「赤松先生、尾張藩は大藩で、御三家筆頭です。同じ徳川でありながら紀州藩（五十五万石）、水戸（二十八万石）とは、将軍家との交際で尾張藩は別者です。そこで尊王攘夷の旗の下に尾張藩主慶勝公も立ち上がられると思います。歴代の藩主も第十四代にいたるまで、将軍が一人も出なかったことをにがにがしく思われ、ここで慶勝公も決断されると思います。そこで先生のお力を藩主とともに尽くして下さらないでしょうか」

「先生、私は臆病ではございません。高杉さんや桂さんそれに坂本さん、武市さん、皆さんからそのように言われましたが、私にはこの尾張藩に使命がございます。出陣には一人の犬死にや臆病者を出さないことを、私は命をかけて教えております」

西郷は一歩進んで赤松の手を握った。

「赤松先生、よろしくお願いします。おいどんは急いで京に帰らねばなりませんので、赤松先生よーく分かり申した。武市君、先生にお別れして、また会う日まで、先生に力を蓄えてもらわねばなりません。よろしくお願いします」

西郷はぺこりと頭を下げた。

「西郷先生、お気をつけて」

「後を急ぎますので、ご免」

武市も頭を下げた。

軍太夫は西郷の一言一言に聞き入り、こんなに大きな迫力のある人は初めてであった。

「なんと西郷の太っ腹と肝っ玉　大器、鏡のごとし」

と軍太夫は書きしるしている。（蛇は寸にして人を呑む）

○武市半平太（瑞山）について

武市家は橘氏の後裔を伝える名家で、遠祖は伊予国（愛媛県）越智郡高市《たけち》郷に住し新居氏を称したという。

後に地名をとって武市を姓とした。室町時代の中頃、武市康範が伊予より土佐に移り、吹井村に居住し、子孫は長宗我部元親に仕えて、戦功をたてたが、関ヶ原の合戦で長宗我部氏が滅亡したため浪人となった。山内《やまのうち》氏の入国後は不遇をかこったが、やがて郷士となった。半平太の祖父半八は武市家の下級役職を勤めた功により文政五年（一八二二）白札の家格を与えられた。

白札は上士、下士との間に位置し、士格に準ずる待遇をうける。実質は下士上位というところである。半平太は剣客者から志士となった。

半平太は、藩主容堂（山内）の命をうけた後藤象二郎により断罪（判決、死刑）となる。慶応元年（一八六五）五月十一日、見事に切腹し果てた。

軍太夫は、その半平太の切腹を、半年過ぎてから水野兵助（かつての斎藤道場の塾頭）から手紙により知った。二、三日何も飲まず、食わず、半平太の切腹を断腸の思いで嘆き悲しんだという。（半平太は月形半平太の名で芝居によく演じられる）

鈴木丹後守の悩み

軍太夫は、万延庚申元年の新年の挨拶に藩家老鈴木家に出かけた。

鈴木家の門前には立派な門松や注連縄《しめなわ》（七五三縄）が配置よく付けられてある。

「先生、おめでとうございます」

と家老侍が出て来て新年の挨拶をのべる。それに女中達も綺麗に着飾っている。軍太夫は女中に挨拶され、なるほど猿にも何とかと申す通りだ。一人一人に「綺麗だよ」と優しく言ってやった。軍太夫は家老の宗近の部屋の前にくると、

「御家老、赤松です」

「おお、お入り」

中に入ると、鈴木は新年の挨拶もそこそこに、

「のう、赤松先生、まあまあお座り」

女中が「何か」と言うと、

「おお、準備してくれ」

そこに奥方が見えた。軍太夫が挨拶をしようとすると、

「先生、そんなことより、もっと近う。実はね二男の義宗の峰が子《ね》の刻（午前零時頃）に男子を出産しましてな……。ところが、そのことは誰にも話してないのです。何分にも二男のことでもありますので、春になったら分家させるつもりです」

「鈴木様、それにしてもめでたいことで、正月早々重ね重ねのめでたいことです。鈴木様、奥様、これでやれやれですね」

しかし、鈴木は嬉しい顔をしない。

「いや、これが長男の宗辰であればと思うのだが……」

そこに宗春が入って来て、

「先生、まず一杯」

「うん」

軍太夫は、みんな喜びもしない。何かなと首をかしげた。

「鈴木様、今年は一段と慌ただしくなると思います。鈴木様も知っておられると思いますが、長州、薩摩、土佐の連中が京に上って来るそうですよ」

鈴木の顔には笑顔がなかった。

「鈴木様、宗春先生のお嫁さんを早く固めませんと、病院が忙しくなりますので」

と言った。

「そうですね。貴方《あなた》」

と奥方も相槌を打ってくれたが、

「分かっておる」

「鈴木様、今のうちですよ。倒幕運動が成功したら武家の組織は、またたくまに崩れ去ってしまいます。今のうちに路頭に迷わぬように、病院を大きくして、それには宗春先生の薬剤をやっている成瀬様の娘様はどうですか？」

「うん、ちょうどよい組み合わせだな」

鈴木が初めて笑顔を見せた。宗春は父に酒を注いだ。

「宗春先生、マユミさんはどうです」

「はい、私がよくてもあちらが……」

「そうですね、鈴木様」

「よし、明日一度成瀬に会ってみよう」

「鈴木様、そんな、松の内ですよ」

「先生、善は急げとか言うではないか」

鈴木は思いたったら早い。

「そうですね、松の内に良い話を持ち込むのもいいかもしれませんね」

「そうだよ、そんな話で腹を立てる者がいないだろう」

鈴木が調子にのっていると、

「貴殿《あなた》、その話はいいのですが、めでたいと言いながら羽目を外すと、先様に迷惑をかけるのですよ。松の内は静かに、普通の日とは違いますよ」

と奥方が鈴木をたしなめる。

「分かっている。成瀬も寂しがっているだろう」

「奥様、止めてもむだですよ」

赤松が笑って言うと、奥様も宗春も笑った。

「鈴木様、マユミさんも二十歳になられたのですから、うまくいきますよ」

「先生、あの剣術道場を払いさげになるといいですね」

「鈴木様、あんな物では、内科、外科となると、とても……、せめて三千坪はないと、それはいずれ西郷隆盛様にお願いしてみます」

「えー、そんなに、三千坪も宗春一人で」

「いいえ、病院となると医者が五、六人、看護婦が十五人か二十人はいるでしょう。薬剤人、薬研を使う者は男ですよ。五、六人はいないとまにあわんでしょう。会計、それに院内の掃除をする人五、六人はいるんですよ。宗春先生、そうですね」

「はい、それでもまだ」

「先生そんなことして、やっていけるのですか」

と、宗近が驚いた顔をしてたずねる。

「それは会計の腕しだいですよ」

「奥よ、わしらは、もう何の役にも立ち申さん時代になるのだな」

「宗春先生、今の女中を看護人にしたらいいじゃないですか」

「そうですね、いいですね。あの者達の友達でも頭数になりますね」

「赤松先生、わしは宗春の嫁で何もかも終わりですな」

「いいえ、鈴木様は鈴木病院の院長になってもらいましょう」

「ほほ、ほほ」

と奥方が大声で笑った。

「わしが院長で、何がおかしい」

「院長というのは鈴木様、忙しいですよ。外の人達との外交ですね」

「いや、もう楽にさせてくれ」

「いいえ、まだまだ、これからですよ。早くから年寄りでは惚《ぼ》けますから。今までの経験をいかして下さい」

宗近は、ようやく機嫌が直ったようだ。

「そうだな、奥、やってみるか」

「父上、そうですよ」

と宗春も、軍太夫の顔を見て言った。


その年の一月二十日、いよいよ診察がはじまった。患者は午前中十人であった。

宗春は薬の準備もまだできていないので、患者は少ないほうがいいと思った。みんな初めてで、軌道に乗るまでは、まだ時間がかかる。

宗春は軍太夫に近づき、言った。

「先生、マユミさんのことは、先生にお願いしようと思っていました」

「そうだったのか、それでも答えは同じで、それでいいじゃないか。でもな、宗春先生、これから忙しくなると式もなかなかだよ」

「先生、これからの世は、どうなるのでしょうか」

「うん、他言はいかんぞ。幕府が躍起になっているからな。こんな話が尾張藩から出たということになれば大変だよ。ただでさえ何かと言うと尾張の陰謀だと言ってきたからな。王政になればみんな町人になるのだ。武士の世は終わりだ。だから武士の世が終わっても病院としてやっていけるように頼むことにしているのだ」

「そうですか、どうかよろしくお願いします」

「宗春先生、今はこれでいいが、まだ医者三人と看護人五、六人は、いやまだいるかも……」

と言っている間に、

「先生、医者のことは長崎の塾に募りますから」

「そうだ、それがよい。さすが宗春先生だ。すると先生のお住まいも建てなければなりませんな」

「それは気がつかなんだ」

「だから、お前だけでは、間が抜けたことになるんだ」

と、宗近が横槍を入れた。

「どうも、間抜けで、すみません」

と宗春は頭を下げた。

「宗春、兄の宗辰は体が弱いからな、あまりあてにはならんぞ。それに義宗はだめだ。金を見たら、どうなるか分からんぞ」

「一番大切な人がなかったら、病院経費が分かりません」

宗近が「先生、信頼できる人物がいないですか」と尋ねると、

「鈴木様、家老の息子にしっかりした人物をつけないと、この事務長がいいかげんでは病院が潰れますよ」

「武士の世が終わると、大勢の武士が職探しで、あぶれるでしょう。ちょうど豊臣滅亡の頃のようになりますからな」

宗近は考え、片手で顎をささえていた。

「貴殿《あなた》、私の実家に藩の勘定役をやっている欽太郎はいかがですか？　今、二十五歳で、なかなか算盤の腕が高いとかいいます」

と母よしのが、宗近に言うや、

「ああ、そうだ。わしが今それを言おうと思っていたに……」

と宗近が言ったので、軍太夫も宗春もよしのも、みんな一度に笑った。

「あれなら大丈夫だ。だがな、うちに二人も兄がいながら、穀潰しとは情けない」

宗近は下を向いていた。

「父上、そんなひどいことを言わなくても……、母上が悲しがります」

宗春の優しい言葉に、宗近もよしのも涙を流していた。

「よかったですね。それでは他言せず密かに欽太郎さんに、そっと父上様と相談の上お決めになられたらどうです」

「そうだな、母さん、そうしよう」

「貴殿よかったですね」

「わしの考えの通りになったな」

みんな、また大笑いした。

「先生、道場がなくなれば、どうなされます」

と宗春が軍太夫に聞いた。

「うん、わしは当分蘭学塾をやって、なんとか食うだけのことは、やっていけるだろうから」

といかにも悲しそうであった。


さっそく、宗近が成瀬家との結果を、軍太夫に報告にきた。

「先生、話がうまくいきました。成瀬殿も乗り気でな、ぜひとな」

「ああ、それはよかったです。鈴木様、これでどんな世になろうと、鈴木家は揺るぎないものとなりましょう」

「先生、だがね、兄二人を何とかならないものかの……」

それには軍太夫も、どうすることもできない。

「先生、成瀬殿がどうなされました」

「宗春殿、何の話でもあるまい。自分のことだよ、マユミさんの話ですよ」

「すみません」

と宗春は頭に手をやって赤面した。

「ほほ、ほほ、先生、宗春が照れているのです」

「お母さん」

と宗春は母を睨みつけていた。

鈴木は、我が家はこれで安泰であると思い、背筋を伸ばした。

「赤松先生、あの道場を病院にすると、だいぶ費用がかかるでしょうね」

「鈴木様、そんなに先々と考えるものではないですよ。まだ単なる話ですから」

「それでもな、何げなしではな……」

「鈴木様、それには嫁が先です。他人ばかりでは心もとないですからな。まず足元から、軌道に乗せていけば、金なんぞどうにもなるものです」

鈴木は、軍太夫の調子のよい話で煙に巻かれた。

「鈴木様、まず嫁ですよ」

と力強く言った。すると宗春が食べ物にむせて胸をたたいていた。

「宗春、少し落ち着きなさい」

母がたしなめた。みんな、女中達も一度に笑った。

こうして賑やかで幸せそうな鈴木家に見えたが、二月に入って間もない頃、二男の義宗が急に病に倒れた。正月早々に子供が生まれたばかりでまだ子供の世話も満足にできない嫁の身に、それに夫、義宗の急病である。嫁のお峰が夫の看病もできない産後のことである。

女中達はまた仕事がふえた、と陰で愚痴をこぼしていた。

宗春の診察では「心の臓が悪い、脈が乱れている」と頭をかしげていた。

宗春は、女中に薬を持って来るように言った。

「先生、この薬は、心の臓の薬で、一両もする高い薬です」

「宗春殿、高い安いの話では、あるまい。兄上の命だよ」

「先生、すみません」

義宗が病気になってから、毎日ぶらぶらしていた嫁のお峰は産後も順調に回復していた。

軍太夫は道場を塾頭達にまかせて、蘭学を教えていたが、軍太夫は（蘭学と言っても、外国で学んできた学問ならまだしも、自分の学問はうわべの学問だ。だがこれも今になくなるだろう）と思っていた。


最近、村田蔵六という名をよく聞くようになった。

村田蔵六（一八二四〜六九）は、のちに名を改め、大村益次郎という。緒方洪庵に学んだ洋医学者で政権奉還後、兵部大輔（後の陸軍大臣）となり、凶徒に襲われ明治二年十一月五日に四十七歳で死亡した。

軍太夫は村田蔵六に会いたいと思った。

軍太夫は今さらのように悔やまれた。なぜ蘭学より医学を学んでおかなかったのか、と。

「赤松先生、この頃、病人より妊婦がめだってきて、しかも子供を堕してくれという者が多く、私はどうしてよいか分からないのです」

「宗春先生、それはならんよ。専門外だ。取り上げ婆だ、よ」

「宗春先生、この頃めだって妊婦の人数が多くなったのは、時期的な現象なのか、不景気によるものか」

「はい、そうです。この頃世の中が騒々しくなってきて、仕事もないのに、子供だけが多くなる。その調整がうまくいかないのですね。田舎では貧乏人に子供が多く、比例がとれないので、産み落としたとき口を塞ぎ尻を押さえてひざで圧死させるのと、差し薬にて流す子返しという子間引きなどが、東北、九州などで多く行われているそうです。この中には下級武士の子供も含まれているそうです。

陸奥、出羽の両国で五、六万人という数字が下らないそうです。

これは藩にとっては、農家の人口の減少、ひいては年貢減少につながるので、悪い風習を禁令にすべきである、といっています。

女であれば養育料の支給がある秋田藩では、文政八年（一八二五）に農家の極貧人の二番目の子の男女共、出生日から一貫文下され、五十日たてば米俵、三カ年目に五百文という規定がある。年齢が十八歳になると身売りするのです。それでも百姓は手を合わせて城主を拝んだと言います」

軍太夫は宗春のこの話を聞いて、百姓は犬猫に等しいと思った。「こんな藩政を早く改めないと日本がだめになる」、こんな悪政が長い間、行われてきたかと思うと、自分も倒幕の派に入りたいと思った。

「宗春先生、妊婦のことは惨いようだが、手をつけぬほうがよい。金になるかもしれぬが、御政道にお咎めがあるからな」

「はい、そうします」
二、三日たってから、宗春の祝言の儀が早々に決まった。
「もうあと五日ほどではないか」

と軍太夫は驚いたように言った。

「宗春先生、年寄りは気が短いからね。いつまでも待っていられないのでしょう」

と笑った。

女中が息急切って走って来て、

「義宗様が危篤でございます」と宗春に告げてきた。

「なんということだ」

と宗春は口走った。

宗春が兄義宗の脈を取ったときは、すでに事切れていた。

宗春は「なんということだ」と大粒の涙を流していた。

義宗は我が子の顔を満足に見ることもなく他界してしまった。さあ、このあとどうしたらよいものか。

鈴木家兄弟と軍太夫、それに義宗の嫁お峰の両親も駆けつけた。それにしても、みんなの怒りの的となったのは、長男の宗辰である。三、四日前から家にいない。毎日遊びに歩いて、めったに家に帰らなかった。長男の嫁お愛には子供がなかった。母のよしのは泣くばかりである。

今まで鈴木家では幸せいっぱいで、次々と幸せが舞い込む家であったのに……。それが、長男は遊人となり、二男は故人となり、一度に不幸が舞い込むこととなった。

義宗の葬儀は滞りなく終わったが、故義宗の妻お峰と男子松之助をどうするか。親族が二人の身の振り方を話し合って、いまさら他家に行くこともできなかった。宗近が軍太夫の方を見ると、軍太夫は嫌な顔もせず、

「峰殿がよければ私は異存などございません」

と言った。

「お峰その方は、いかがかな」

宗近がたずねると、峰の両親も心配そうに見ていた。峰は、松之助をしっかと抱いてい

た。

宗近の説得に、お峰が涙をいっぱい目にためて小さく頭をたてにふった。

「よくぞ決心してくれたの」

と宗近が言うと、お峰の両親も、

「峰それでよいのだ。赤松先生はよい御方だからな。こんどは幸せになるよ」

と峰の肩をたたいた。

「鈴木殿、よろしくお願い申す」

「いや、いや私はお峰殿に悪いかなと思ったが案外よく、聞き入れて下された。よかったですな」


この頃の天候は冬とは思えぬ暖かさで、このまま春になるのかと、誰しも思っていた。その矢先、三月に入ったら大寒波と大雪である。これがあたり前であろうか、こんなときに何かがあるぞ、と町の人は口々に言っていた。

この頃、巷では世直しだとか、倒幕だとか勝手なことを言っているが、十年前にそんなことを言ったら首が胴と離れてしまったものだが、今は何を言ってもかまわない、幕府は弱くなったものよと、町人達が大きな声で話し合っている。

翌日の昼過ぎに尾張藩に急報があった。藩の家老達は登城した。

それによると、先日、江戸は雪であり、暮れ六ツ（六時頃）、桜田門外で大老職井伊直弼が下城の途中暗殺された。襲ったのは水戸の浪士であり、将軍継嗣問題が原因だそうな。後に安藤信正らが従来の幕府専制を改めて、公武合体の論を唱え和宮降嫁を実現した。また薩摩、土佐、越前、宇和島の諸藩でもこの論が高まり、のち島津久光の幕政改革論ついで土佐の公議政体論、大政奉還へと全国に広まっていった。

軍太夫もいよいよ大詰めにきたと感じていた。その日の昼過ぎに小野源次郎（赤松弁太夫）からの手紙が来た。読んでみると、

「今は海援隊の尉長（大尉）となって教練を教えている。まだ船はないが、しばらくするとイギリスから来ると言っている」という内容であった。

軍太夫も折り返し手紙を出した。


不安げに思っていた宗春の診療所は日増しに患者数も多くなってきた。

薬剤と処方に忙しい、宗春の嫁マユミもすっかり仕事が板についたようである。それに看護にたずさわる者二人も、手ぎわよく患者にあたっている。

軍太夫は、この分では病院も夢ではないと思った。

軍太夫の道場はいつもと変わらぬ藩の侍達でいっぱいである。塾頭が全部面倒を見ていた。軍太夫は手持ち無沙汰であった。「さてと……」と掛け声ばかりで張り合いのない毎日であった。

軍太夫は、小野の手紙の文面を思い出していた。小野の奴め海援隊で毎日忙しい仕事をしているのだろうなと昔、小野と一緒に行動していた頃を懐かしく思い出していた。

軍太夫の身体は、老人にはまだほど遠いが、気の抜けたような中途半端なところが老人のようであった。「よし、わしも何かやろう」と自分に言い聞かせるように言った。

関ヶ原以来の友人

四月中頃のある昼過ぎに、軍太夫は蘭学塾の日のよく当たる所で本を見ていた。そこへ女中が、客人の二人を連れて来たという。

「さて、誰であろうか」表に出てみた。軍太夫は目を瞠った。

「よお、高松殿ではないか。おお、綾殿も、ようこそ遠い所へ来て下さった。まずこちらへ」

「先生、それより道場を見とうございます」

と言う綾の願いに、

「うん、さようか」

と軍太夫はさっそく二人を案内した。

「綾殿、これが道場ですよ」

軍太夫の説明に、綾は積極的である。

「今稽古中だが、それではこちらへ」

軍太夫は不思議に思って尋ねた。

「綾殿、私がここにいることを、よく分かりましたな」

「はい、先生のことは、よく分かります。長崎からここへ来られたことも……」

軍太夫は微笑んで高松の顔を見た。高松も微笑んでいた。

「さようか」と道場の戸を開けた。高松と綾はびっくりして、

「先生、なんと広い道場ですね」

「まず中へ」

と軍太夫は先に入った。道場主の座る場所に案内した。

軍太夫は、塾頭に稽古をやめさせた。みんな集まって来た。百五、六十人はいるだろうか。

軍太夫は、塾頭五人に、

「今から高松先生の稽古を見るがよい」

と声を掛けた。軍太夫は塾頭五人の名を呼んだ。

「木村、中川、江田、香川、吉村、皆の者よく見ておけ。こちらの客人は江戸斎藤弥九郎先生の道場の塾頭であった高松孫次郎殿とその奥様だ。これから木村と高松殿の稽古を見るのであるが、こんなことはめったにないからよく見るがよいぞ」

みんなが元気よく「はい」と言った。綾は驚いた様子である。

みんな道場の左右に二手に別れ、中央に高松と木村が出て、軍太夫に一礼した。

二人は向き合って、木刀の剣先が交わったと思ったら、高松が「小手」と言った。軍太夫が「それまで」と言いながら二人の前まで来ると、

「木村、お前の剣は低い、その剣をはらい小手だ。こんなことは一度も教えたことがないぞ。正眼はこうだ。木村、どうだ」

「はい、分かりました。高松先生、もう一度お願いします」

「こんどはよい。なかなかよいぞ」

と軍太夫は言った。

木村が「胴」と打ち込んだ。その胴が入ったと思ったら、高松は素早く受け止めるや

「面」と言った。

「それまで。木村よかったぞ。普通の者であれば胴は入っているぞ。よかった、つぎ中川」

「はい」敏速に高松の前まで来た。「お願いします」と高松に一礼した。中川の剣と高松の剣が合った。

「待て、お前の剣はよいが、右手がかたい。一本指を遊ばせろ、打ったとき締めるのだ」

「はい」再度合わせた。「よい、よいぞ打て」中川は面を打ちに行ったが、高松の剣先にはねられ、高松に「小手」を打たれた。「それまで」と軍太夫が言った。

「皆よい剣だ、剣に癖がない。これはとりもなおさず赤松先生の技をよく学んでいる。これからも先生の天下無敵の剣をよく学ぶように。自分で一つ一つ自信をつけることだ。分からずじまいでは、いつまでも未熟で終わるぞ。よいな」

高松は声を高くして言った。

「お世話になりました」

塾頭達が礼をのべると、みんな稽古をはじめた。

軍太夫と高松、綾は鈴木屋敷に入り、女中の案内で部屋に入ったが、御家老と長男宗辰は登城していて、もうすぐ帰る頃だと言う。

「しばらく待ちましょう。綾殿、楽にして下され」

「先生、この部屋は一番よい部屋ではないですか。この長い廊下や庭の前栽が見事ですね。ね、あなた、さすが六十二万石の御家老様ですね」

「そうだな、たいしたものだ」

と二人は話していた。

軍太夫が出て行ったかと思うと、すぐもどってきた。

「孫次郎殿、綾殿、掛川のほうの雲行きはどうかな」

「先生、掛川は東海道も時代の波を、もろに受け、なんだかんだと騒々しゅうございます。それで赤松先生、この先どうなるのでしょう」

と綾が言うと、

「うん、まだ三年ぐらい先にならんと分からんが王政になると、武士の時代は終わりでしょう。何か商売のほうを考えないといけませんな」

綾は心配そうに、

「どんな？」

「うん、わしが思うには、あの掛川は、船の出入りを北方、南方と利用した回船屋をすると、いいな。わしであればそうしますよ」

「それは、いいことを聞きました。ね、貴殿《あなた》」

「綾殿、それよりお子は」

「はい二人目です。長男が三歳で二男が三カ月でございます」

「さようか、大切な身体だ。無理しないようにな」

と言っているところへ女中が知らせにきた。


「この家の主、鈴木丹後守宗近様です」

と声を低くして軍太夫が言った。その時、近くまで廊下の足音が聞こえてきた。軍太夫と前川夫妻は平伏した。

「お帰りなさいませ」

軍太夫が言った。続いて、

「お邪魔しております。前川孫次郎でございます」

「綾でございます」

「おお、さようか。鈴木でござる。楽にして下され」

後ろにいた長男が「宗辰です」と言った。

「この方が掛川藩家老の」と軍太夫が紹介しようとしたとき、

「ちょっと待たれよ。掛川藩家老前川長勝殿であろうがな。その祖父が長義殿であろうがな」

「さようでございます」

と綾が言った。

「すると、孫次郎殿は婿殿か。うん婿殿も綾殿も、なかなか剣術がやれそうだな。目を見たらよく分かる」

「このご夫妻は、なかなかの腕前です」

「そうであろう。ところで綾殿、わしはそなたの祖父長義殿をよく知っている。長義殿（七十三歳）がそなたの父長勝殿（五十歳）と一緒に尾張に来られたときの話では、前川殿と鈴木は関ヶ原の合戦のときからの知り合いであったらしい。そのことはわしも父から聞いておった」

綾も孫次郎も初めて聞く話に、

「そうでございましたか、興味ある話ですね」

女中は孫次郎や軍太夫に酒を注ぎ、

「そうだな、我々の祖先が戦場に向かうときは、たがいに兄弟以上の交わりをしたのであろう。それにしても関ヶ原とは古い話だの、これからもよろしくな」

と言う鈴木の言葉に、孫次郎は「鈴木様、大変造作かけます」と言った。

「なにを言われる。親戚同様の仲ではないか、のう綾殿。もっと召しあがれ」

そこへ妻よしのが綾に酒を注いだ。軍太夫は飲みっぷりよく杯を孫次郎に渡した。

「有り難うございます」

鈴木、軍太夫、前川は夜遅くまで話がはずんだ。

この年の十月、横浜を開港することを幕府がきめた。いつまでも幕府がはっきりしないうちに万延の年号は終わった。

牙をむく外国船

年号は変わり、文久辛酉《しんゆう》元年（一八六一）となった。

その年の二月に入ると、鈴木宗近が、

「赤松殿、どうであろうの」

と赤松に向かい、畏まって言った。

「なんでありましょうか」

軍太夫が不思議そうに言った。

「実はな貴殿も気にしておられると思うが、峰のことですよ」

「はい、前にも聞きましたが、私が預かるということですか」

「そう、その話だよ。いつまでも一人では可哀相での。赤松殿、子供が大きくならぬうちに、大きくなると抱きにくくなるだろうしな。面倒見てくれぬだろうか」

「私も今年三十歳になりまして、家族のないのがと思う年になりましてな。いつまでも鈴木家に迷惑もかけられませんので、なんとかと考えていました」

「そうか、赤松殿、峰が嫌ではないのでしょう」

「そうですが、右から左というわけにもまいらず、峰殿がよいと言われれば、私は申し分がありません」

「そうか、そうか、一時《いっとき》を惜しむからな。それから道場の南側の一丁ほど離れたところに、二百坪ほどの屋敷があるが、そこに大急ぎで建てることにしようの」

「何から何まで心配かけます」

「いやいや、これで決まり申した。それではそういうことで」

と言いながら宗近は行ってしまった。

三月に入って、対馬藩から幕府に、「ロシアの軍艦が対馬の一部を占領した」という報告があった。ロシアは対馬の殿様に永久租借を強要し、基地の建設をはじめた。この時、幕府は何の返事もなく、無抵抗のまま、対馬の殿様には九州の別の領地を与えればよいと考えていた。この時、ロシア軍の占領に抵抗したのは、殿様や武士ではなく、対馬の農民や漁民であった。やがてイギリスの艦隊が、この話を聞いて、ロシア軍の不法占領に反対し、ロシア艦が対馬から去るように言った。

イギリスとて日本のためというのではない。イギリスはロシアのように対馬の一部というのではなかった。むしろ日本全土の半分か……。危ない、国の弱さが、外国の餌食になるところであった。

この話を聞いた軍太夫は、

「鈴木様、幕府の取った処置はいかがと思われます?」

と、鈴木にたずねた。

「うん、対馬は、もはや捨て石の存在であったとみえる。それにしても何の抵抗もなかったとは……。そうかと言うて隣国に対馬に協力せよと言っても、今となっては、どこの藩も言うことを聞かんだろう、で」

「幕府も無いようなものですね。下手をすると外国の総攻めに遭うだろう。アメリカ、イギリス、フランス、オランダ、スペイン、ポーランドの国々が日本の良いところを取りに来たら、日本はばらばらになってしまいます」

「そうだ、下手をすると、そんなとこだ。そこで、今こそ各藩が力を蓄えるときだ」

「それでは戦国時代のように、ですね」

「まあ、そういうことになるな。今は早くから長州や薩摩や土佐のように早く目を覚ましている藩もいれば、未だに太平の夢の中にいる藩が多い。まず幕府は長くはないだろう。王政となると自分達の百年先も考えないかんの」

「鈴木様、私はもう計画は立っていますよ。あの道場を病院にし、女中達、使用人達も一緒に面倒を見ることにします。会長」

「なに、その会長は」

「はい、鈴木様のことです」

「このわしが会長とな、うはははは」

と高笑いである。

「これは、宗春先生と相談の上です」

「そうか、わしはたすかる。藩がなくなったら後どうするかと思っていた」

小さな声である。

五月に入ると、また大事件がはじまった。

それは攘夷派の薩摩藩らがアメリカ公使館通弁官ヒュースチンを殺害し、他に外国人殺傷事件が相次いだ。

これらは対馬事件からのことである。血の気の多い若者が外国人を見るに刀を抜くことが多かった。

軍太夫と峰の新居が出来上がった。日当たりのよい所で、軍太夫が松之助の子守をしていた。その可愛がりようは峰が微笑するほどである。こうして軍太夫一家は幸せの毎日であった。

それから、三日目の昼下がり、京の薩摩藩邸の西郷隆盛から軍太夫に宛て手紙が来た。その手紙を開くと、軍太夫は微笑んで峰に見せた。

「貴方、西郷先生とは一度お会いされただけですのに、たいそう貴方を頼みになされておられますね。稀に見る人物と書いてありますよ」

「西郷さんも私を頼るのだから頼る人物が、いないのであろう。できるだけ期待に添うてあげたい。峰殿」

「貴方、嫌です。その峰殿なんて……。私は、まだ貴方の妻でないのですね」

軍太夫は峰にすりよって、

「すまぬ、わしが悪かった。この通りだ」

と頭を下げた。峰は、口を引き締めて上を向いている。この顔が、軍太夫にしてはたえられないほど可愛いかった。

「分かりました。だからこれから峰と呼んで……」

軍太夫は後ろ向きになって、ぺろ、と舌を出して「はい、はい」と言った。すると峰が
「返事は一回でいいです」と言うと、「はい」と力強く言った。

軍太夫は峰に声を低くして、

「道場のことだが、今は藩の持ち物だが王政となると、蘭学塾も全部取り上げられ、それまでに西郷先生にお願いして病院に払い下げてもらうつもりだよ。これも駆け引きだよな峰ど――」

と両手で口を塞いだ。峰は可愛く睨んだ。二人は高笑いして楽しい毎日であった。

武市半平太と再会

四月ともなると、どこを見ても花のきれいな今日この頃である。

道場の外に出て、くつろいでいると、門弟が呼びに来た。

「先生、道場へお帰り下さい。ご面会の方がお見えになっておられます」

「うん、さようか。誰であろうか」

と軍太夫は首をかしげながら蘭学塾場に入った。

こちらを向き笑顔を見せている男前の武市がペコリと頭を下げた。

「あれ、武市先生ようこそ、遠いところを。ささこちらへ。おい、すまぬが家内を呼んで来てくれぬか」

「はい」と門弟が駆けて行った。


武市半平太は映画や芝居でおなじみの月形半平太のモデルになった人。武市の頭のつき剣剃は武市だけのもので、のちに勤王の志士達が皆まねて、一目見たら勤王方の者だと見抜かれてしまったという。


「武市先生、遠いところを、どうぞごゆっくりして下さい。粗茶ですが」

峰の挨拶に、武市が答える。

「まっこと、すまんです」

の言葉に、また軍太夫の笑いの種ができた。坂本龍馬も土佐人で、軍太夫はこの方言を使うと、すぐに笑いがこみあげてくる。すでに軍太夫は腹を押さえていた。

「武市先生、だいぶ日焼けされて、まっこととお忙しいのでは」

武市はわしの方言をまねていると、にこりと笑って、

「はい、今日は西郷先生の使いで藩主慶勝公に面会に来ました。赤松先生、島津公もいよいよ動きだしましたよ」

と小声で軍太夫の耳近くまで口をもっていった。

「武市先生、島津（薩摩）七十三万石、尾張六十二万石ですね。大藩がいよいよ、他の小藩は物の数ではないですな」

「先生、幕府は江戸の浪人達を集めて京へ送っていますよ」

と、武市が声をさらに低くして言った。

「それですよ、浪人は藩士と違って無差別だから、集まる場所が悪いと激突しかねないですからね。よく考えないと、大事になりますからね」

「まっこと」

軍太夫は土佐弁はたえられないほど可笑しかった。軍太夫は、たえられないときは自分の膝を抓《つね》っていた。

「武市先生、幕府の行動は、いつでも後手ばかりで、とても理解できないことばかりです

ね。早くしないと外国艦の後手では、とんでもないことに……」

「そうです、だから長州藩が大砲で外国艦を追い払っていますが、それぱかりでは、なんのききめもありませんよ。だから徳川三百年の夢は打ち破られんとしております」

「武市先生、なんでも紀州藩（五十四万石）が尾張藩と違って将軍を何人も出しているのに、ここ尾張からは今まで将軍が一人も出ていないでしょう。そこがおかしいのですよ。やっぱり先導者の誰かが、旗色が悪くなると足元を見る者がいるのですね」

と軍太夫は、そこまで話をすると、何か新しい話が聞けると思ったが、敵もさるものである。

武市は、（軍太夫はさすが剣客者だ。敵の出方をよく見る人だ。なんでも知っている。この人を味方にすると……）と考えていると、

「実はそうなんです、紀州も参加の予定だと聞きますが、先生、それと淀七万石など関西全藩ということになりますが……」

軍太夫は不思議に思った。

「武市先生、これだけ大藩が揃ったら、幕府も鈍感ではないでしょう」

「先生、それなんですよ。大村益次郎先生や西郷先生の総指揮の下、江戸入りとなるのです。今ちょっと時期が早いのです。長州の高杉晋作先生は奇兵隊を編成され、それらの長

州の青年の精鋭を結集して、その隊長になり、この前第一回の閲兵式を挙行しました」

と言って口を閉じた。

武市は酒が好きで、いよいよ本番である。武市や高杉は都々逸が好きで、間があると作って歌って、みんなを楽しませていた。

酒が二人を満たしたところで、武市は後世役者のモデルになるぐらいだから、男前で声もよし剣もたつ、こんな男を女どもが放っておかないであろう。

「歌う前に赤松先生、奥方様、耳に栓をして下さいよ」

と言うと、武市が歌いだした。

〽ままよ一升樽横ちょにまげて
　破れかぶれの頬かぶり

「奥様すみません。まっこと声の悪いのは生まれつきですので我慢して下さい」

〽立田川無理に渡れば紅葉は散るし
　渡らにゃ聞こえぬ鹿の声

軍太夫は、これだけの声を出す者は、そういないだろうと、峰と二人で惜しみない拍手を送った。

〽実があるなら今月今宵
　一夜明くれば誰も来る

「赤松先生、この都々逸は高杉先生の作ったものです。高杉先生は身体があまり優れませんので心配です。今一番大切なときに、なんとしても元気になってほしいです」

と武市が言った。

軍太夫は長崎道場を去るとき、高杉からきた手紙を見もせず、大谷右衛門道場主に渡してしまった。あの時のわしはなんと愚か者であったか、すまなかったと考え込んでいた。

武市が先ほどから、「先生、先生、先生」と三回呼んでも返事がない。また「先生」と呼んだら、ようやく返事をしたが、間の抜けた返事であった。

武市はあえて聞かなかった。武市は赤松が今、何を考えているかを察していた。

武市が高杉先生と会った時、「先生は赤松に手紙を出しても返事をしない。取っ付きにくい男だよ」と言われたことを思い出していたが、そんなことは赤松に尋ねなかった。

赤松は自惚れていた。「すまんです」と武市にすなおに謝った。

「武市先生、島津の動きですね、早ければ骨折り損にならぬよう、よくよく事象を知ることです。血気にはやらないようにですね」

「幕府の手の内を読まずに、むやみに動くと藪蛇になりますからな」

軍太夫は土佐弁になれたか、笑いはない。

「武市先生、ロシアの対馬の不法占領には幕府の者共の言うことは話になりませんね」

「そうです。今一番危ない時です。今、エゲレスに軍艦三隻と兵の服を造らせているのです。今、事があれば日本は素手で戦うようなものですからね」

「なんという有様です」

「仕方ないです。三百年の太平がこんなことに」

「そうですか。何がなんでも幕府を倒さな、二つの日本ではどうにも立ち遅れますからね」

武市は飲んだら頭が冴えるのか、口がよく動く。軍太夫は、なかなかの軍師だなあと思った。

無頼集団

「赤松先生、近藤勇という人物を知っていますか」

と、武市が軍太夫に尋ねた。

「はい、なんでも武州国（埼玉県）多摩郡の生まれで百姓の出で、土方歳三とは同郷の人物である。この二人は年も同じで、剣は天然理心流とか聞いています。私が斎藤道場にいた頃に聞いておりました。まだ会ったことがありませんが……」

「まだここらはいいのですが、常陸国（茨城県）の芹沢村の郷士で芹沢鴨、もう一人奥州白河藩の江戸詰藩士の息子で沖田総司とかいう者がいますな」

「それに仙台藩の山南敬助、松前藩からの永倉新八、それに伊予の原田左之助、播州明石藩斎藤一、それに生国は分かりませんが、藤堂平助と井上源三郎、山崎烝とかいう者達、これらの者達を清河八郎という者が、まとめて集団で何をしようとしているのか、この者達は幕府の命でもなく、それに金の出所も分からないそうですな。その者達が京市中にて軍資金などと言って商人から集めた金を勝手に使っているそうですな」

「赤松先生、よくご存じで、そのことです。西郷先生も頭をいためておられます。この者達を断わればば睨みをきかし店の身代より金子を巻きあげ、自分勝手につかう。無頼の者が顔負けの有様です。それから店に入らない者は集金時に辻斬りをするなど全く京は無法の町です」

「武市先生、集まった浪人の中に芹沢鴨という水戸の人物と聞いていますが、この男は天狗党木村継次の変に使い乱暴無頼で頭が悪いと聞いていますが……」

「そうです。京では芹沢と近藤が隊長になると、部下達は自然に二分します。新見錦は水戸生まれです。自然に郷里が近い者に近寄っていきますからな。土方は武蔵国だから近藤につく、しかし芹沢は地位を笠に着て、法を侵して人々の眉をひそめさせたのです。

新見錦も芹沢と一緒に不法を働いたのです。近藤や土方は、こんなことを聞いて策を謀って新見を追いつめて自殺させた。一方の芹沢はやたらと人を殺し、または商家の美貌な妻女や娘を自分の妾としたり、大酒を飲んで暴行の限りをしたのです。

近藤は組の総会をすると言って酒宴を開いた。芹沢や平山五郎が酔うて寝たとき、平山の首を落とし、それから近藤、土方、沖田、藤堂は芹沢の寝室に侵入して屏風《びょうぶ》を蒲団の上に倒し、その上から四人が刀を抜いて突き刺した。しかし芹沢はなかなかの剛の者で、起き上がって刀を取ろうとしたが、四人に五寸きざみに斬られ、ついに倒れたそうです」

武市は見てきたように話した。

「武市先生、芹沢の女達は商家の妻女だそうですね」

こんな嘘のような話があるものかと思った。

「そうですよ。これが、後にも先にも、こんな話はなかったと言います」

軍太夫は、近藤達の行動に憤りを覚え、

「先生これからの近藤達の組の結成がなりましたら、お知らせ下さいませんか」

と頼んだ。武市は心よく分かりましたと言った。二人は酔っていた。鈴木の家で一夜を明かした帰りに、「赤松先生……」と耳もとに別の言葉を残して京に帰って行った。

武市が帰ってから、軍太夫が、

「奥様、遅くまでお騒がせいたしました。それから奥様、長男宗辰殿の帰りが遅いですね」

と話した。

「赤松殿、こちらへ来て下され」

奥方が言い、鈴木の部屋に入った。そこには鈴木がいた。

「おお、軍太夫殿、お入り下され」

「鈴木様、遅くまで申し訳ございません」

「いやいや」

と鈴木は言った。

「鈴木様、宗辰殿が遅いですね」

と言った。鈴木が「赤松殿」と言って口を閉じてしまった。

「鈴木様、何かあったのですか」

鈴木は下を向いて、なかなか話そうとしない。「鈴木様」と言ったら、鈴木は力のない
小さな声で「軍太夫殿」と言い、「はい」と答えたら、また黙っている。しばらくすると、

「軍太夫殿、宗辰の馬鹿が女中に手を出し、子を孕ましてな。これも一人ではないのだ。

五人ともだ。どうしたらいいのだろうの……」

軍太夫は棒で頭を一撃打たれた思いであった。

「鈴木様、それで宗辰殿はどうしました」

「三日前に勘当して屋敷から出しました」

「それで腹の子は何カ月になりました」

「はい、あの様子では四カ月になっていましょう」

と、奥方が答えると、軍太夫はあきれはて、

「鈴木様、早く女中達を親元に帰したほうがいいですよ。この辺りであれば、取り上げ婆
が流言しますから。早いほうがいいですよ。それに嫁の愛殿を出すわけには……」

と言った。

「奥様、嫁は、まだ孕んでいないのでしょうね。勘当でしたら、嫁はしばらく家において後から考えましょう。まず女中に金子を持たせて帰しましょう」

鈴木は「うん」と返事をした。

軍太夫は宗春の診療所へ走って行った。

宗春に「のう、先生」と大きな息をして言うと、宗春は「先生、何事です」と心配そうに言った。

軍太夫は「こちらへ」と宗春を呼んだ。宗春は何事であろうと、軍太夫の顔を見た。軍太夫は宗春を引っぱると、

「赤松先生、何事です」

宗春は不安でならなかった。軍太夫は息をととのえ、

「宗春先生、兄の宗辰殿が五人の女中を孕ましてな、どうにかならぬか」

宗春に助け船を求めるように言った。

「先生、そのことなら昨日も相談したでしょう。私はだめです。先生、それだったら身元引受人を呼んで金子で帰したらいいでしょう。そうするしか仕方ないでしょう」

「うん、そうだな」

軍太夫は鈴木の部屋に来て、宗春の言ったように話した。宗近もよしのも、それがいい

ということになった。

「女中の後のことは口入れ屋に頼むことにします」

と、奥方が言った。

そのあとすぐに二十代の四人の女中が揃った。奥方は新しく入った女中四人に一から教えなければならない。大変である。

時世が時世だけに、鈴木家のゴタゴタが殿の耳に入ったら一大事だ。軍太夫は宗近もそのことを心配しているだろうと思い、

「鈴木様、心配しなくてもいいですよ。ささいなことではないですか。とるにたらんことです」

と、宗近をなぐさめた。

こんな話が他に漏れなかったことが幸いであった。がこの間に宗近、宗辰が登城して殿に目通りしたことが、軍太夫には気にかかった。

奥方は、女中達の仕事の分担をきめ、自らも女中頭として切り盛りしていた。

宗近は胸をなでおろした。御家が大事である。

「あなた、大事にならず、お咎めもなくよかったですね」

「そうよ、今度のことで鈴木家はこれで終わりだと思った」

と宗近は自分の胸を撫でた。

「あなた、宗辰は今頃どうしているでしょう?」

と神妙な顔つきで尋ねる妻よしのの言葉に、宗近は怒った顔で、

「言うな。今、言ったばかりではないか。勘当した者が、戻ってきてみろ、人はどう言う。前の女中は一人もいないとなれば、よけいに勘ぐるだろう。いらざることを言うでないわ」

「申し訳ありません」

「あんな奴のことは、ほっておけ。大変な目に遭ったのだ……」

よしのは外聞より母親として子を思う心が、ついに口にでてしまった。だが、宗近とて勘当息子であっても親としての心があるはずである。一方で、藩では家老という重職にありながら、家庭では親として我が子一人をも満足に教育できなかったことへの悔しさがあったことも否定できまい。

よしのは、女ってだめね、と自分ながら思い、男は強いと宗近の顔を見たが、やはり寂しさの陰は顔に出ていた。

海道一の親分

文久壬戌《じんじゅつ》二年（一八六二）四月、軍太夫は稽古を終え外に出て大きな深呼吸をしていると、

「先生、大和の黒川大次郎様がお見えになり、先生にお会いしたいとおっしゃいましたので、お家のほうにご案内しました」

と、門弟が知らせにきた。

「さようか、有り難う」

と言って家のほうに急いだ。お峰が帰っていた。

「お帰りなさい。お客様ですよ」

「あい、分かった」

「ようこそ、私が赤松です」

軍太夫は剣道衣のままあいさつをした。

「私は初めてお目にかかります。大和の黒川大次郎と申します。いつも武市先生と仕事をしております関係で、赤松先生のお話はいつも聞いております」

軍太夫は、黒川の頭を見ると武市と同じ剣剝（頭）であった。軍太夫は、なかなか、いいものだなあ、やはり流行だな――、と思った。

「先生、実は私ともう一人、大和の生まれで刈屋駒之進と一緒に清水港の次郎長（子分衆千五百から二千人）に会って、今の日本の時世をどのように考えるかと申したところ、次郎長はそんなむずかしいことはわしに言ってもらっても分かりませんと言うので、では身共が話そうと刈屋が次郎長に我が建国の歴史から説き、朝廷の尊ぶべきことを教え、幕府の悪政を糾弾し、天下の形勢と倒幕攘夷の急を要することをのべたのです。そして刈屋が、尊王の大義を諒々と聞かせました。そこで次郎長を士分に取り立て、当座として二十石を、子分衆にも当座として食扶持《くいぶち》をつかわすと言ったのです。ところが次郎長は黙ったまま考えていました。刈屋が次郎長に異存があるまいなと言ったところ、赤松先生、さすが海道一の次郎長ですよ。私は次郎長が飛び付いて来ると思いましたが、せっかくのお思し召しは有り難う存じますが、私はお断り仕りますと言ったのです」

軍太夫は微笑みながらその話を聞いていた。

「すると、刈屋は真っ赤になって、なに不承知とな、してその子細を聞こう。次郎長は別に子細も何にもございません。私はご承知の通り渡世人でございます。氏も育ちもいやしい下司下郎で、今さらとても武士なんかになれません。やくざ者は一生やくざで果てるほうが、よろしゅうございます、と言いましてな。さらに刈屋がなるほど、それは一応の分別だが、しかし次郎長、これは天下泰平の時に言うことだ。あの太閤秀吉は尾張の百姓より出世して、天下に号令したではないか。乱世に身分など論ずる必要はないと言ったら、次郎長はやはり博奕打ちのほうがよろしゅうございますと。刈屋は、次郎長その方しだいによっては聞き捨てならんぞ。その方、朝廷の有り難いことを知らんのか。それとも幕府に味方をする料簡かと言うと、いえ天子様の有り難いことも、よく分かっております。私はこんな稼業ですが、場合によっては火の中でも飛び込みます。しかし自分の出る幕でもない所へ出しゃばる気にはなれません、と言うではありませんか。さすが次郎長です。自分の信念をずばりと言いました。刈屋は次郎長の信念に負けました。仕方ありません。では、その時にはまたと言って帰る門には、次郎長の大物子分衆が皆頭を下げて見送っていました。歌に名高い、清水港に音がする、大政、小政、大瀬ノ半五郎、法印大五郎、増川ノ仙右衛門、追分三五郎、大野鶴吉、桶屋ノ吉五郎、美保ノ松五郎、ほか大勢がずらっと並んでいまして、刈屋と私は極《きま》りが悪く、刈屋はさきほどの元気はどこへやら、深々と次郎長に頭を下げて京への道を急ぎました。武市先生は次郎長が三十代の頃、剣術を教えられたことがあるそうですね」

黒川の話が終わった。

「黒川殿、武市先生は今どこにおられる」

「はい、西郷先生と西本願寺に一緒におられます」

「黒川殿、もう近いうちですな」

と切り出した。話を聞き出すためである。

「赤松先生、京都は全国の浪人が集まって来て、町人共が弱っているようです。治安があるのかないのか。浪人共は夜になると、牙をむきだす有様です。早くなんとかしないと京の町は大変なことになりますよ」


この文久時代には幕府は遊俠の徒を利用した。次郎長は別として全員を士分に取り立てたが、その中に清水次郎長が探している黒駒の勝蔵も士分を利用して商家に入り、金子を個人的に軍資金と称して取り立てるなどして豪遊、結局捕えられて死刑となった。

次郎長が黒駒が死刑になったことを聞いたら悔むであろう。幾度の縄張喧嘩でいつも網目を逃れ、ついには官軍に入って死刑となるとは……。それから会津の小鉄、明石屋万吉達も官軍に入って武士になった。

黒川大次郎と刈屋駒之進が京に帰って武市半平太に次郎長と会ったときのことを話

したところ、側にいた山岡鉄太郎が、「武市殿、その話、身共にまかしてくれぬか」と言うと、武市が「山岡先生、どうぞ」と言って山岡が次郎長に長々と手紙を書いたのである。

山岡は、こんな胸がすくような海道一とかいう人物に一度会ってみたいと、清水に行って次郎長と話し合った。その結果、官軍に味方するが官軍には入らぬという次郎長の話に、山岡はそれでいいと言った。二千、三千という子分を持つ親分、幕府は、こんな大物に気がつかなかった。次郎長は官軍を大いに手助けし、明治になって富士の裾野の開墾事業に尽くしたことは有名である。

鈴木家の長男宗辰は勘当されたはずなのに、しばしば弟の宗春のところに来て、金子を強要した。

峰の話に、まさかと診療所に入ると、宗辰が弟に凄みを見せている。

「宗辰殿、弟に何の関係もないだろう。自分のまいたこととて誰を恨むこともあるまい。それに弟に金子を強要するとはなにごとだ、恥を知れ」

とどなった。

「だまれ、貴様の知ったことではないわ」

と宗辰が刀を抜いて軍太夫に迫った。

軍太夫は「馬鹿者！」と宗辰の小手を打った。宗辰は刀をばたりと落とした。

「なんという愚かな奴め、そこまで地に落ちたか」

父宗近のところに女中が急報した。宗近とよしのが入って来て、土下座している宗辰に、しがみ付いて大声で泣いた。

「なんと、そこまで落ちぶれたか。情けない姿よの」

と言いながら、父宗近は懐中から百両の金子を取り出し、宗辰の膝に投げた。宗辰は、金子を握って駆け出そうとした。軍太夫が「宗辰殿、刀だ」と投げた。宗辰は刀を取ってどこかへ消えて行った。

母のよしのは、宗辰がいなくなってもまだ声を出して泣いている。軍太夫は、「奥様、諦めて下さい」と言った。宗春と妻マユミは、宗近を庇うようにしていた。

「鈴木様、あの宗辰殿は剣術はだめだし、頭もよくない。これからは禄だけを、あまんじて生きる男ですが、これもならず。持ち金は町の浪人共に、たかられ、どうすることやら……」

それからは、宗辰の姿を見ることもなかった。

新選組

文久癸亥《きがい》三年（一八六三）三月、武市半平太から手紙が届いた。その手紙によると、浪士組の編成と創立者となった者は清河八郎と言い、出羽の浪士で、この男の献策によるものだそうで、この年の二月に三百人近い多くの浪人衆が応募してきたという。その中に小石川小日向の天然理心流の近藤勇、土方歳三、沖田総司、永倉新八、原田左之助、井上源三郎らがいた。

将軍家茂（第十四代）上洛の前駆警備の命を受けて浪士組は京に向かう。前年八月の生麦事件を機に、浪士組の水戸脱藩浪士芹川鴨ら一派計十数人が、京都残留を希望し、京都守護職会津中将松平容保《かたもり》侯直々のお預り浪士となっているそうである。

武市からの手紙には、浪士組すなわち新選組の組織や掟について子細に書かれていた。

新選組　第一次編成

局長　芹沢鴨、近藤勇、新見錦

副長　山南敬助、土方歳三

助務　沖田総司、永倉新八、原田左之助、藤堂平助、井上源三郎、斎藤一、山崎烝

新選組　第二次編成

総長　近藤勇
副長　土方歳三
参謀　伊東甲子太郎
組長　第一番隊（沖田総司）、第二番隊（永倉新八）、第三番隊（斎藤一）、第四番隊（松原忠司）、第五番隊（武田観柳斎）、第六番隊（井上源三郎）、第七番隊（谷三十郎）、第八番隊（藤堂平助）、第九番隊（鈴木三樹三郎）、第十番隊（原田左之助）

（芹沢鴨は近藤らに殺された）

これらのうちでも精鋭部隊は沖田、永倉、斎藤、藤堂であるが、なかでも沖田総司の一番隊は近藤勇の親衛隊であるそうな。

近藤が総長になってからは厳しい規律と罰則は全部切腹で、まず背くまじき事とある。

局中法度に曰く

一、士道に背く間敷き事
一、局を脱すること許さず
一、勝手に金策致すべからず
一、私の闘争を許さず
右之条々相背き候者は切腹申し付くべき候也

こうして組の集団的組織を強化にするために新選組の屯営の門前に高々と張られたという。

軍中法度に曰く

一、敵味方強弱の批評一切停止《ちょうじ》の事。
一、昼夜に限らず、急変これ有り候とも、決して騒動致すべからず。心静かに身を堅め、下知を待つべき事。
一、私の遺恨ありとも、陣中において喧嘩口論仕るまじき事。
一、組頭討死に及び候時、その組衆その場において戦死を遂ぐべし。もし臆病を構え、

その虎口を逃げ来る輩これあるについては、斬罪その品に従って申し渡すべきの条、予《かね》て覚悟、未練の働きこれなき様相嗜《たしな》むべき事

一、列しき虎口において、組頭の外、屍骸の引き退《の》く事なさず、始終その場を逃げず忠義を抽《ぬき》んずべき事

それから隊員の心得を練るために真剣を使って稽古をしたと言います。また隊規違反など切腹させられる者や、代わりに介錯をやって人を斬る呼吸を会得させたといいます。

こうして本式に新選組の厳しさを一般に見せしめたようです。まず、このようにして組の出発が出来たといいます。

新選組に関しては以上のごとくです。

では赤松先生御身を大切に、これにて筆を止む。

文久癸亥三月

武市半平太

赤松先生

軍太夫は武市の親切な手紙に一礼した。新選組の隊は京の守護職松平容保の預りとなり、近藤らの浪士出陣は八月十八日であり、その政変の功績により新選組の名が下されたという。

軍太夫は道場で、

「新選組なるものの組織や掟それに罰則は全部切腹のこととある。食いつめ浪人共の集団で組織を守るためとあるが、先の芹沢鴨のように無謀と殺人、金子の巻き上げなど、それに市中見回りと称し、暴行、傷害は毎日であった。このようにして市民の生活は恐怖そのものであり、そこで自衛のためにもみんなが、より以上の腕を磨いて、いつでもお役に立ってもらいたい」

とみんなに向かって言った。

しかし、この乱世もそう長くはないであろう。もう二、三年で、この世の中は見違えるような近代的な世になり、その世に乗り遅れた者が昔を懐かしむのであろう、と軍太夫は思った。

軍太夫は、今のうちになんとしても安定した用地と建物を手にしなくてはと、前々から考えていたが、日に日に世の中が変わってゆくことが目に見えてくると、気持ちも焦ってきた。

郵便はがき

恐縮ですが
切手を貼っ
てお出しく
ださい

1 6 0 - 0 0 2 2

東京都新宿区
新宿 1－10－1
(株) 文芸社
ご愛読者カード係行

書　名				
お買上 書店名	都道 府県　　　市区 郡　　　　　　書店			
ふりがな お名前			大正 昭和 平成　　年生　　歳	
ふりがな ご住所	□□□-□□□□		性別 男・女	
お電話 番　号	(書籍ご注文の際に必要です)	ご職業		

お買い求めの動機
1. 書店店頭で見て　2. 小社の目録を見て　3. 人にすすめられて
4. 新聞広告、雑誌記事、書評を見て(新聞、雑誌名　　　　　)

上の質問に 1. と答えられた方の直接的な動機
1. タイトル　2. 著者　3. 目次　4. カバーデザイン　5. 帯　6. その他(　　　)

ご購読新聞　　　　新聞	ご購読雑誌

文芸社の本をお買い求めいただき誠にありがとうございます。
この愛読者カードは今後の小社出版の企画およびイベント等の資料として役立たせていただきます。

本書についてのご意見、ご感想をお聞かせください。
① 内容について

② カバー、タイトルについて

今後、とりあげてほしいテーマを掲げてください。

最近読んでおもしろかった本と、その理由をお聞かせください。

ご自分の研究成果やお考えを出版してみたいというお気持ちはありますか。
ある　　ない　　内容・テーマ（　　　　　　　　　　）

「ある」場合、小社から出版のご案内を希望されますか。
する　　しない

ご協力ありがとうございました。

〈ブックサービスのご案内〉
小社書籍の直接販売を料金着払いの宅急便サービスにて承っております。ご購入希望がございましたら下の欄に書名と冊数をお書きの上ご返送ください。　（送料１回210円）

ご注文書名	冊数	ご注文書名	冊数
	冊		冊
	冊		冊

今のところ鈴木家も、我が家も平穏の日々であるが、藩の重役達は禄がなくなれば、路頭に迷う者もいるだろう。

軍太夫は、毎日のように知り合いから情報を受けていた。刻々と変わりゆく世を実感していた。

危なかった日本

文久三年（一八六三）七月、生麦事件の報復としてイギリス艦隊が鹿児島を襲った。薩英戦争である。しかし鹿児島はこれによく応戦して敵艦に損害を与え撃退させた。鹿児島はこの戦いに敗れたら阿片戦争の二の舞であった。

軍太夫は蘭学塾で、今の日本のありかた、今後の日本と、いつも塾で教えていた。

文久元年（一八六一）以来ロシア、イギリス、アメリカなど外国との摩擦が多い。日本国中の弱点を浮き彫りにさせる原因となっていった。

孝明天皇は外国船の横行が国中の目にあまる状況を憂え、天皇は石清水八幡宮に攘夷を祈願されるほど国中は緊迫していた。

尾張藩では十四代慶勝が、家老瀧川豊前守、大道寺玄蕃、横井孫右衛門、山澄右近、鈴

木丹後守、石河佐渡守、下條庄右衛門、成瀬主殿頭を集めて、我が藩は朝廷に弓を引くことがあってはならない。これは歴代の藩主の教訓であると訓示した。

この文久三年（一八六三）の日本は外国の植民地となる危険性が多分にあった。

イギリス、フランスは、横浜に軍隊を上陸、駐留させて、駐留軍の兵舎、弾薬庫、病院など建坪四千六百坪のものを造らせた。

アメリカは、江戸—横浜間に鉄道を敷く権利を手に入れた。

それに幕府の家臣榎本武揚は北海道箱館対外の三百万坪の土地をロシアに九十九年間租借地として与えた。

佐賀藩は高島炭鉱を借金の担保に取られ、これをイギリス人が経営していた。

このようにして幕府はあてもない借金を背負っていたが、この始末を誰が、どうつけるかが問題である、と軍太夫は力強く幕府のやり方に腹を立てていた。こうして若者の血気をあおった。

元治甲子《かっし》元年（一八六四）、鈴木家の次男であった亡き義宗の子で軍太夫の子となった松之助は、今年五歳になった。

お峰は松之助の七・五・三のお祝いとして、かねて松之助の晴れ着をつくっていた。出来上がったので松之助に着せて鈴木屋敷に父宗近と母よしのに見せに行った。

宗近は松之助を見ると、「おお松之助大きくなって」と抱きしめた。宗近の目に涙がにじんでいた。鈴木家には口で言えない悲しいことばかりおきたので、宗近の孫に対する気持ちはなおさらであった。

「軍太夫殿、お峰殿、早いものよのう。もう五歳になったか。わしも年をとったわい」

「お祖父様、お祖母様、松之助は五歳になりました」

よしのは松之助をしっかと抱きしめた。大粒の涙を流していた。

宗近と軍太夫は酒盛りに話の花が咲いた。

「鈴木様、いよいよ勤王派も攻勢に出ていますな」

「もっと早く手を打たないと」

「ですが鈴木様、戦をするにも、いろいろと準備がありますからな。エゲレスに軍艦三隻注文して、それとて、おいそれとは出来ませんからな。大砲、鉄砲などを注文したそうです。京の浪人共をいくら揃えても、新兵器で一度に大掃除が出来ますからな。戦は新兵器でないと、関ヶ原の火縄銃では何の役にも立ちません」

「おお、軍太夫殿、この尾張藩にも新兵器とやら、まわしてもらえんかな」

「鈴木様、手は打ってあります。鉄砲五十丁、大砲三門は、すでに頼んであります」

「おおそうか、殿に代わってお礼を申す」

と宗近が頭を下げた。

「鈴木様、新兵器が届いてからにして下さいよ」

「そうだな、その大砲でな尾張の十四代の殿の悔しかった思いを、打っ放してくれるわ」

軍太夫と鈴木が大笑いしていた。

鈴木が声を低めて、

「このあいだの重役会議でも、江戸攻めの我が尾張藩の編制もすでに整えて、いつでも出陣できる態勢にあるのだが。悲しいかな、二百何十年、戦もなく太平の世が続いたので武器は古い、大坂の夏の陣以来の物ばかりでな、話にならん。弓矢や槍それに火縄銃か、やぶれかぶれの肉弾でもあるまいに」

と言うと軍太夫も、さらに声を低めて、

「勤王方は外国の最新式の鉄砲を二千、三千丁と買っているらしいのですが、これらは陸援隊が持つらしく……」

「我が尾張にも分けてもらえんかの」

「鈴木様、そのことは西郷さんにお願いしてあります」

「そうか、そうか、まず一杯」

「鈴木様、新兵器を持った者は戦に勝つにきまったものです」

「槍や弓矢では、まるで死にに行くようなものです。それは新選組の持つものです」

二人はまたもや大笑いして、酒もだいぶ入った。

「鈴木様、この頃武市先生から手紙が来なくなりました。どうしておられるのでしょうね」

軍太夫が神妙な顔をして言うと、

「心配いらんよ、あの人達は忙しいからな」

「それであれば、いいのですが」

それでも軍太夫は心配であった。軍太夫は大和出身の大川大次郎に聞いてみると、武市は土佐に帰っているという返事があった。

軍太夫は、ようやく安堵した。

便りがないわけがわかると、軍太夫は九州の大谷道場に坂本龍馬と一緒に来た水野兵助に聞いてみることにした。

それから六日目に京にいる水野兵助から手紙が来た。それによると、

「赤松先生、九州道場から四年ぶりですね。今、京では新選組が市中見回りと称し、京に潜入した長州革新派の有志と土佐などの革新派の志士が、三条河原の旅館池田屋

で密かに会合していたところ、近藤勇の新選組に斬り込まれ、桂小五郎はその頃藩邸にいましたが、大半のものは斬殺されたり捕らえられたりしました。このことが革新派の京都進発論に火をつけたのです。高杉晋作は大村蔵六（大村益次郎）の意見はまだ時期が早いと反対していましたが、夾島又兵衛、久坂玄瑞らは、まるで火のように燃えあがり、革新系の重役も賛成したから、手のくだしようがなかったのです。

長州人は、そのときの勢いに乗じて爆発させる癖があるので、藩の自重派を巻きこんで、京の進撃軍を編成しました。

長州、幕軍は京市内で衝突し、蛤御門付近がもっとも激しく、幕軍多数で長州勢は少ない人数で敗退し、久坂玄瑞をはじめ多数の前途有望な人々が戦死しました。それから長州勢は国に帰ったのです。

したがってこの合戦を〝禁門の変〟または〝蛤御門の変〟とも言います。

幕府は長州を潰すべし、との口実で中国、四国、九州地方の二十一藩に命じました。総督は徳川茂承《もちつぐ》、副総督は越前福井藩松平茂昭に命じたそうです。その後の行動は分かりませんので後ほど便りします。

それから赤松先生、二カ月前に山岡鉄太郎先生から聞いた話ですが、赤松先生はお聞きのことと思いますが、清水の次郎長と黒駒の勝蔵の身内とその一派が荒神山で血戦を行い二千人からの博徒が喧嘩をしたそうです。

それから忘れるところでした。西郷先生はこの前の池田屋事件や、二年前の寺田屋のことで、長州へ行かれて蛤御門などの話をされたそうです。

先生お身体を大切にして下さい。

草々

元治甲子（一八六四）六月

水野兵助

赤松先生

「鈴木様、こんな事件がいつも起きているのですね」

「のう軍太夫殿、この書面の総督の問題も我が殿でなくてよかったと思う」

「鈴木様、そのことはすでに幕府でも、尾張はこんな時に静かだなと感づいているのかもしれません」

「そうかもしれん、長年の遺恨も裏面工作をやっているのかも、それとも幕府は今のうちに尾張を味方にと思ってはいないでしょうね」

「それでいいのだよ。こちらの思惑が水に流れたら、軍太夫殿、先祖に申し訳ないよな」

と言った。二人は大声で笑った。

備えあれば憂いなし

尾張藩家老鈴木丹後守宗近は、我が藩出陣の際に小銃五十丁分そろえることを藩主慶勝公に申しいれた。

慶勝公は尾張藩として、その小銃の五十丁分の件、ぜひ手に入れたい。なんとしてもと言われた。

「殿、御案じ召さるな。必ずや手に入れてみせます。と申し上げると、殿は〝そうか、できるか、そうか、よかった。これで尾張の勝ちだよ。鈴木〟と言われたよ。軍太夫殿もしできなかったらわしは……」

と言って切腹の真似をした。軍太夫は、声を大きくして、

「鈴木様、なんということを」

「いやいや、冗談だよ」

「そんな」

軍太夫が西郷に手紙を出したのであろう。一カ月たって忘れた頃に手紙が来た。

文面には赤松先生同じ志を持つ者として、それに尾張の大藩に、これぐらいの新兵器を持たなくては不都合であり、他藩に対しても差がつき申さん。赤松先生には、いろいろと心を砕いて下さって有り難うごわす。兵器については海上輸送いたし、指導員も一緒に差し向けます由、日時については遅くなり申すが、一カ月お待ち下され。赤松先生もうしばらくの辛抱でごわす。また会う日を楽しみにしております、という内容が記されていた。

軍太夫は、さっそくその手紙を持って、鈴木家に走った。

「誰だ騒々しい」と言う鈴木の言葉も聞かず、草履をはねて鈴木のいる部屋に飛び込んだ。鈴木は驚いたとみえ肩を動かして、

「誰だ！」

「鈴木様、西郷さんから手紙が来ました」

鈴木に手紙を見せた。鈴木は「やったぞ」と言うやすぐさま、お城へ登城の知らせに走らせた。お城からは各家老に登城せよ。それから赤松にも登城せよとの知らせである。一時《とき》もすると、全家老が揃った。赤松は廊下の入ったところに正座していた。すると、「殿様おなり」で皆平伏した。

慶勝公が着席された。

「鈴木、よい知らせとな」

「はは」と手紙を懐中から取り出し、成瀬主殿頭に手渡した。殿はその手紙を受け取って、

「鈴木でかしたぞ。たとえ五十丁であっても、火縄銃とすれば百丁以上になるであろう。雨が降っても撃てるからな、これで二千の兵の死傷者が救われる。鈴木よいことをしてくれた。大儀であった。鈴木一献やらぬか」

「有り難うございますが、まだ話が残っております」

他の家老も鈴木に労《ねぎ》らいの言葉をかけた。

鈴木はお誉めの言葉を賜り、胸をふくらませて帰って行った。

鈴木は屋敷に帰ると、軍太夫や峰、三男の宗春、マユミ、松之助まで皆を呼んで今日の出来事を話した。鈴木家には夜おそくまで笑い声がたえなかった。


それから一カ月たった頃、約束通り名古屋港から荷が届けられた、との連絡があった。尾張藩の藩士が殿の命によって急いで港まで二百名が出向いた。

城に運ばれたのは昼八ツ（二時）頃であった。

殿は大砲や小銃を見て、家老達に、

「これがあれば、今までのことが、報いられるぞ。存分に果たすであろう」

と胸のうちを言った。（二百年の恨みを、はらさねでか……）という思いであった。

指導者（長州士）によって、射撃銃の取り扱いや撃ち方を教えられた。玉こめ三秒、撃ち方一秒。旧式の火縄銃は早くても二十秒はかかった。そのうえ火薬をよく詰め押さないと玉が飛ばない。雨が降ると全く何の用にもならない。

鈴木は殿の顔を見ていた。なんとこの顔今まで見たことがない。その時、

「鈴木、これさえあれば勝利は間違いないの」

殿は上機嫌である。

「殿、よろしゅうございましたな」

「うん、鈴木、これから大砲だよ」

太砲は分解、玉こめ、撃ち方など、その時の注意や玉を撃った時の反動で車が後退するので車の後ろにいたら危ない、などの注意があった。

みんな、十分に注意して、これから射撃練習、殿は自分が射手になったように、体を前のめりにして見ていた。

「ただいまより撃ちますが、これは実弾ではなく空砲です。しかし、威力は実弾と同じです。耳に注意して下さい」

と指導員が説明すると、耳に栓を入れて、

「撃ちます。撃て」

と叫んだ。

みんな飛び上がらんほどに驚いた。丁髷《ちょんまげ》の髪の毛が反り立っていた。

殿の大きな期待のうちに指導が終わった。

三日後、長州藩の和田勘兵衛なる者から手紙が来た。軍太夫は手紙の差し出し人の名を見て考えていた。

剣術の稽古も終わり蘭学塾も終わって、やれやれのところに飛脚がとびこんできたのであった。

その手紙は、軍太夫が江戸斎藤道場にいた頃、今は掛川藩家老前川氏の養子であるが、その者の友人で塾頭和田勘兵衛からのものである。その手紙には、
文久二年辛酉《しんゆう》（一八六二）横浜の生麦事件のしこりが四国連合艦隊の下関砲撃となったのです。連合艦隊はエゲレス、フランス、アメリカ、オランダの四国が下関を砲撃して来ました。その時、井上聞多《もんた》（馨）、伊藤俊輔（博文）らが急いで帰国して、軍事行動の延期を各国に頼んだが、聞き入れてくれなかったそうです。

やがて長州藩が申し出て講和となったのですが、長州は、この戦で、いかに旧式の兵器では太刀《たち》打ちができないかを痛切に感じたといいます。

この戦いで勇敢に戦った者は下級武士であったそうです。しかも、幕府の馬鹿者共が長州征伐と称して、長州が外国と戦っているのに背後から外国との挟み打ちにしようとしたのです。

赤松様これが日本人のすることでしょうか。長州は日本の代表のように戦っているのに、その背後から襲うなど、もってのほかです。このことは幕府討伐の時は徹底的に打ち込んでやると高杉先生が申しておられます。

この戦に負けたら長州だけではない、日本が寸断されるでしょう。

将軍家茂が病気のため一時中断されました。

と書かれてあった。

軍太夫は、この手紙を見て腸《はらわた》が煮えくり返る思いであった。(西郷さんはこれを知っているのか、日本のすくいの神)とつぶやいた。

軍太夫は、さっそく励ましの手紙を送った。

武市の自決

年号は慶応乙丑《おっちゅう》元年(一八六五)に変わった。

武市半平太が昨年、元治元年（一八六四）十月、土佐藩主山内容堂の怒りを買って、郷里に戻されていたことを軍太夫は知らなかった。

軍太夫は心配のあまり大和出身の大川大次郎に、武市先生は近頃どうしておられるのか手紙を出した。

それから五日ほどたってから、大川から手紙が届いた。差し出し人は、まぎれもなく大川大次郎からである。

拝啓　赤松先生お変わりございませんか。先日、坂本先生に武市先生のことを尋ねましたところ、土佐藩主の怒りを買い、その原因とは藩内で勤王党と公武合体派が真っ向から対立したらしいとの話で詳しいことは、分からないとのことです。

軍太夫にとっては良き友人であったため、その後のことが心配であった。

ところが六月に入った頃、大川から再び手紙が届いた。

先生、御無沙汰しております。

土佐の様子をもう少し詳しく知りたいと思っておりましたのに、坂本先生が神戸の海軍操練所に行かれて困っていました。ところが斎藤道場にいたころの庄田次郎衛門が、土佐から私のところに来たのです。

この男は組の欠員で来まして、この者の話の意外さに驚き、その子細を聞いたところ左の通りでした。

武市先生は、土佐藩が時勢に乗りおくれているのを取り戻すには、一藩をあげて攘夷倒幕を達成すべく総力をそそぐべきであると。しかし土佐の藩論は思うにまかせなかったのです。

土佐藩主山内容堂が「一朝事有り、錦の御旗をひるがえす日は列藩を問わず、其の不臣の者これを討ち、国力を尽くして王事に勤めん」と。この誓いの言葉を三条実万《さねつむ》に期待をもって藩をあげて勤王に邁進すると言っています。

しかしながら、山内家は徳川氏に恩義があり、容堂自身襲封の際には幕府の好意をうけていた、とか言って、どちらつかずでは、人は二股膏薬やと嘲る、と言います。

そこで藩政は容堂の厚い信頼を得ている吉田東洋が握っていたそうです。これで一藩勤王にはほど遠くなり、同志の諸君が土佐藩を捨て去るなら、山内家はどうなる、勤王藩論の実をあげるためには、先生一人となっても流血を覚悟で最後まで闘わねばならぬ、と言われたといいます。

龍馬先生は、土佐の藩論は因循姑息で好転せずと、武市先生のことを言い残したそうです。武市先生はこれを聞いて、勝手にさせておけと、言ったそうです。

またさらに「肝胆元より雄大にし、奇機自らに湧出す、飛潜誰が識る有らん、偏に龍名に恥じず」とうたったといいます。

先生は意を決して四月八日、吉田東洋を暗殺し、土佐藩を勤王党の主導下におくことができたといいます。

武市先生と龍馬は脱藩の時期を境として、別々の道を歩むこととなりました。

龍馬は勝海舟の門に入り、神戸海軍操練所の塾頭になられたそうです。

武市先生は獄に投ぜられ苦しみにたえたが、容堂の命により慶応乙丑元年（一八六五）五月十一日、見事に切腹して果てられたと言います。

先生は志半ばで、これからという時に本当に悔しい思いであったでしょう。生前は何かと意見の相違もあったでしょうが、両先生は親戚であったそうです。

敬具

慶応乙丑年五月

大川大次郎

赤松先生

軍太夫は、この手紙を読んで、がっくりして、自分の思惑も見事にはずれたばかりか、武市半平太という本当にいい男を亡くしたことを悔んだ。軍太夫は目頭を熱くして、両手を合わせ合掌し、「南無阿彌陀仏」と、幾度も武市先生の永遠の眠りに祈りを捧げた。

武市瑞山（半平太）亡きあとは土佐は尻切れ蜻蛉のようで、誰が指導者でもなく混迷の有様であった。

軍太夫は二年前武市と鈴木屋敷で夜を徹して呑んだ時の武市の都々逸を思い出していた。

〽立田川無理に渡れば紅葉は散るし
　渡らにゃ聞こえぬ鹿の声

軍太夫は、武市と接した頃を思い出し、涙に暮れていた。

それは、今からちょうど十年前の安政二年（一八五五）のことになる。

武市は藩でも剣術がすぐれていた。その腕が認められ、出張教授の命を受け各郡奉行所において一カ月間ずつ教授して回った。その中でも田野方面は剣士の数も多く中岡慎太郎もそこにいた。元来土佐では剣術は無外流、和術は山栗流が本儀のようであり、一刀流や新陰流などの他流儀はあまり振るわなかった。

藩主山内容堂の時代になると、諸流の稽古も認められるようになった。地方からも剣客者が来るようになったと、武市が言っていたことを思い出していた。

さらに武市はその年の春、江戸の桃井春蔵門下の逸材が土佐を訪れたのが、桃井塾に入る機縁だったとか。また彼は稽古熱心で、ひとたび面をつけると数十人の弟子に一応の稽古をつけるまで面を取らなかったとか。彼の意志の強さと剣の達人である点を高く評価され、安政三年（一八五六）八月、臨時御用として江戸へ出張し、あわせて剣術を修業することを命ぜられた。

同行に岡田以蔵ら数名が桃井春蔵の門に入った。

軍太夫は武市先生の思い出に耽《ふけ》っていた。

西郷いなくては

軍太夫は鏡心明智流をもって天下に聞こえていた。

武市は江戸鍛冶橋の土佐藩邸に入り、そこから京橋蜊《あさり》河岸《かし》の桃井春蔵の内弟子となった。軍太夫と会ったのが、その頃であった。

それから半年後に坂本龍馬も京橋桶町の北辰一刀流千葉定吉の道場に入門し、嘉永六年（一八五三）三月、二人は剣の修身について将来を論じたり実りある日々を送っていたが、武市は祖母の病気のため安政四年（一八五七）九月に帰国するが、一カ月後に道場にもどり、三年間の修業の後、京に出て西郷先生と軍太夫との初対面となったのである。それが五年前のことで、軍太夫は今三十五歳になっていた。

軍太夫は手を合わせたまま過ぎ去った武市の遺徳を偲んでいた。

尾張藩では剣術は赤松だが、鉄砲は長州からきた指導員の横田という若者である。鉄砲を持ったら的をはずすことはないという名手である。


軍太夫は、今、西郷先生はどこにおられるのか、それを聞きたいために水野に手紙を出した。

五日ほど経ってから、水野から手紙が来て、その長い手紙には次のようなことが書いてあった。


今、先生は薩摩で坂本先生と一緒に行動しておられます。二、三日して下関に来られる予定ですが、その後を追って中岡が西郷を殺すつもりでいたそうです。しかし、西郷先生の顔を見ると、先生の大器に圧倒され殺意がなくなり、先生が口を開かなくても圧倒されるのに対して我らはいかに小物であるかが分かると、中岡が坂本にそのことを話したそうです。高杉や、山県もそうであったと言いますし、とにかく西郷先生の大器には誰も太刀打ちできまいと言われています。

それほど西郷先生という人は体が大きいだけではない、並の人ではないということです。

先生は下関に行かれたとき、太宰府にいる中岡慎太郎はすでに先生を信頼しきっているから、連合構想を七卿の代表である三条実美に吹き込んだと言われています。

十月、将軍家茂が辞表を朝廷に提出すべく京都に向かったという知らせが西郷先生にあった。先生は坂本、木戸（桂小五郎）と長州で会談すべきであったが、それどころではない。急いで京に向かう途中、中岡慎太郎を長州に下船させ、木戸の待っている所に向かわせ、先生は京都に直行したのです。

西郷先生のところに木戸から手紙がきまして、それには木戸が怒り、面目をつぶされたと、本気では怒っていませんが、木戸も京へ行きたかったそうです。薩摩名義で龍馬と中岡に武器と艦船購入の話を持ち出し頼んだのです。

薩、長、土の連合を西郷先生がまとめて「お前達は我々と本当に手を結ぶ気があるのか」と聞いたと言います。すると、木戸は「あるどころではない、早く連合政権をかかげよう」と言ったそうです。

それから面倒が起きたのは長州再征の勅許が下ったことです。西郷先生は、せっかくまとまりかけているのに、さぞや悔しい思いだったのでしょう。普通の男なら地団太を踏むのでありますが、さすが西郷先生です。まるで人ごとのように平然としておられるのです。

ほかの人達が気をもんで、やいのやいのと言っていても知らん顔しておられるのです。

西郷先生は船で京へ行くのに薩摩の旗を揚げていたそうです。

赤松先生、また情報が入りましたらお知らせします。

慶応乙丑年十月

水野兵助

赤松先生

軍太夫は西郷という人物をよく見透せぬ者ばかりだなと思った。この手紙を鈴木丹後守に見せた。

鈴木と軍太夫は酒を酌み交わした。新入りの女中が酒を注いでくれた。

「のう軍太夫殿、西郷という男、菊地源吾と変名しても体を見たら西郷と分かるだろうに、使うのか、どうでもいい時の名であろうの」

「そうでしょうね。それにしても、なかなかの大器人物でありますな」

「これから日本の表舞台に立つ人物だろうな。こんな日本にぜひ大物が出てほしいな」

「そうですね、ところで鈴木様、もうそろそろでしょうね」

「いや軍太夫殿、西郷さんと将軍の動きがどうでるか、この手紙には京に来るとあるが、この辺がきめ手になるやもしれんの」

「どうもそのようですね」

と次から次へと話が途切れることはなかった。


鈴木家の三男宗春の療養所に内外科医が七人となった。それでも医者の住家はまだ三軒分の余裕がある。まだまだ大きくするぞと軍太夫は胸を張った。

宗春の子勝太郎と宗春の亡き兄義宗の子、今は軍太夫の子である松之助にも将来医者にするように見習いをさせていた。


明けて慶応己巳《きし》二年（一八六六）一月十五日の薩長連合の密約が成る。坂本、中岡の両名は京で成立にこぎつけた。

幕府は長州近隣の大名に第二次長州再征伐を命じたが、どの大名も、その命を拒否した。農民都市の暴動や打ちこわしは長州征伐と並んで、かつてない激しさになった。

第十四代将軍家茂が没し十五代には、徳川家を継ぐ人物は慶喜以外になかった。しかも城外では幕府非難の声が満ちあふれていた。征長軍からくる知らせは敗報ばかりであった。幕府は諸藩を統一する睨みやその力もうすれて、外からの力は日ごとに強まり、下層社会は世直しをしようとして激しく動き、まさに天下は四分五裂の寸前にまできていた。

国内を四分五裂にすることを反対したのが、有力諸侯の尾張徳川慶勝、越前松平慶永、土佐の山内豊信（容堂）と幕臣の大久保忠寛、勝義邦（海舟）だった。

しかし第一次長州征伐の直後、はっきりと体制を固めた長州藩につづいて公武合体の推進につとめてきた薩摩藩が、時勢の推移と、これに失政を重ねる幕府を見て、体制の方向を転じて富国強兵に全力をあげはじめた。

西郷はたとえ薩摩一藩になろうとも、皇室を奉護して皇威を海外に輝かそうとしていた。こうして西郷は倒幕の指導者の第一線に立つのである。

将軍家茂が死去してから約五カ月めのこと、将軍後見職慶喜が決まるまでの空白期に岩倉具視を中心とする朝廷の王政復古派や公武合体運動が盛り上がった。薩摩、土佐などの尊攘志士と連絡し、そこで幕府の人気が絶望的と見えはじめた。

慶応庚午《こうご》三年（一八七〇）五月頃から本格的に倒幕運動がはじまった。

東征大総督　有栖川宮熾仁《たるひと》親王
総指揮官　大村　益次郎
参　謀　　西郷　吉之助

六月、幕府が征長軍をおこすが、薩摩藩は征長の出兵を拒否する。

龍馬は河原町四条上ル西側の近江屋に定宿して変名をつかって名を才谷梅太郎と呼んでいた。

徳川将軍家茂の死去七月。

孝明天皇の死十二月。

水戸藩主斉昭の第七子で、一橋家を継いだ一橋慶喜は第十三代家定の継嗣問題で敗れたが、第十四代家茂の後見職となり、第十五代将軍となった。

討幕軍東へ

軍太夫のところに一通の手紙が届けられた。その手紙は蘭塾から家に帰った時、お峰が受け取っていた。

その差し出し人は長州の和田勘兵衛からであった。さっそく軍太夫が封切って読んだ。


長州藩総司令官、高杉晋作が海軍総督を兼ねていました。

参謀は高杉になり司令官は大村益次郎になりました。

七月の盛夏、山口を出発。雲州（島根県）の石州口、芸州口、大島口、大倉口、これを四境戦争と言います。

これらは百姓、町人、武士階級以外の者が主力ですが、士官、下士官は皆侍です。

司令官の大村という人は村医者ですが運よく司令官となり、山口を出発の日の大村のいでたちは頭に菅笠《すげ》をかぶり、浴衣《ゆかた》に袴をはき、腰に団扇を差し、刀は短く形ばかりの大小を帯びていました。

兵は黒い菅笠にダンブクロという洋服を着て腰に大刀だけ帯びています。

大村は、もちろん馬上の人です。こんなめだった大村を町人、百姓達が笑っていますが、本人は一向に気にしないのか、大まじめです。

兵達はみんな最新式のミニエー銃とゲベール銃を担いでいます。

これらの兵は侍でなく長州の戦になれた百姓、町人です。それに大砲を馬に引かせています。

大村は隊長を集めて地図を見て、石盤に分かりやすく作戦の説明をしています。それに長い梯子を持たせて自分は高いところから全軍に指揮しているのが大村司令官です。

幕軍は石見《いわみ》の浜田藩、備後の福山藩、紀州藩などの兵を中心にして、後方は出雲の松江藩、因幡の鳥取藩の兵で固めています。それを統率して、その総勢は二万といわれています。

大村はあたりの状況をよく見て、町民に迷惑をかけないよう、射撃をはじめました。敵は火縄銃や槍で突進してきました。

火縄銃一発にゲベール銃やミニエー銃は十発撃てます。敵は火縄銃口から火薬を入れる間もなく、刀、槍で猛撃して来ます。

長州兵の銃の乱射で見る見る間に戦死者の山です。とても新兵器の前には歯もたたず戦死重傷者を残して逃走しました。幕軍監三枝刑部もこのとき戦死しました。敵の将は真夏だというのに陣羽織を着て鎧兜《よろいかぶと》を、それに具足もつけていました。これではまるで夏の陣です。そんな時代ではないことは彼らとて知っていますが、ないものはどうしようもなく、新兵器を早く手に入れた者が勝ちです。

それから万福寺本堂の山門から長州兵が侵入しました。

三隅というところで紀州藩兵二千と敗走していた浜田藩兵と同士討ちとなり、どちらも逃退したときは暑かった陽は落ち夕闇となりました。

浜田の城下は、ごった返していました。この城主は松平武聡《たけとも》といい、今は病床で家老の松倉丹後が大将となり各藩と連絡をとり、紀州藩の大将安藤飛騨守らも布陣が一応とゝのっています。浜田藩兵は大麻山、福山藩兵は雲雀山、松江藩はこの二つの山の間、紀州藩兵は鳶巣山でしたが、そこで大村はそこらを探って高い梯子で、敵の陣形を石盤に描き、各隊を呼んで、この敵陣形を説明しました。大麻山（浜田藩）に大砲を三、四発撃ちこめば、それでこちらの勝ちだと言ったそうです。

隊長達は、こんないいかげんな大村の言うことなど、と言って皆笑ったのですが、大村は「まあ見ておれ」と言ったそうです。

隊長らは馬鹿にして、いいかげんに動いていたそうです。ところが、すべて大村の言う通りに、一人の戦死者もなく大麻山に歌を唱いながら進んでいったそうです。

隊長達はこんな指揮官についていたら命が幾つあっても足らんと緊張していたそうです。大砲を撃って、そのまま敵のほうへと進むと、ちょうど朝で、敵が朝飯時で食うまもなく逃げて行ったので、そこで敵の数百人分の朝飯をいただいたのです。それから隊長達は大村の言うことをよく聞くようになったと言います。

やはり新兵器の威力が分かったのです。

それから大麻山から敵陣を見ていた大村は二分して福山藩の雲雀山と紀州藩の鳶巣山を攻撃しているとき折よく長州から五百人が援軍として加わりました。

大村はこれで千二百の兵を持つこととなったのです。それから隊長達は大村の不思議な力に、素直に聞くようになったのです。

大村は、これだけの兵力があれば敵の一万、二万は物の数ではないわと笑ったのです。やはり新兵器ですね。

大村は、ただ砲撃してもだめだ。敵の逃げやすいように砲撃するのだ、と言ったら隊長達はまたも驚いたのです。

その時、紀州藩の大将安藤飛騨守は浜田城主松平武聡のところへ逃走した。あとの逃走兵二千は固布川を渡って東へ逃げた。

これでこの戦闘は一応終わりました。

それから大村軍が一兵の死者もなく引き揚げようとすると、安藤飛騨守の逃げ込んだ浜田城は突然の爆発音と黒煙とともに火柱があがって燃え無残な有様でありました。大村の実力を見せられたのです。これが七月十八日でした。

長州軍はこのまま、討幕軍として京に上ります。

慶応丙寅《へいいん》二年（一八六六）七月二十三日

長州軍司令部付　和田勘兵衛

赤松軍太夫先生

軍太夫は、その手紙を鈴木家老から尾張藩主徳川慶勝に見せた。

「鈴木、やっぱり余《よ》の言った通りであろうがな。新兵器を持った者が勝ちだ。我がほうにも大砲があるでのう」

「御意。それにしても文面にあります大村益次郎という人物は、村医であり蘭学者で兵法者でもありますな」

「これからは鈴木、新兵器と作戦で血気に逸りむりに勇《いさ》むことのないよう、よくよく考えることだな」

「はい、私達も大村によく習うことといたします」

「うん、いずれ近いうちに動員があるだろうが、兵を動かすより新兵器をよく活用し作戦に組み込むことだな」

「はい、大村によく習います」

「うん、そうしてくれ」

慶応二年十二月、孝明天皇崩御、三十六歳。

明治天皇は一月、十五歳で践祚《せんそ》。

慶応丁卯《ていぼう》三年（一八六七）を迎え、この三年間は征長と言っていたが、こんどは討幕という事態を招くことになる。

この年になると討幕の流れがはげしくなった。薩摩、長州、土佐、肥前、芸州などと大藩となった。

この頃、高杉晋作は下関で病気療養中だったが、征長戦争終結後喀血して死去した。彼は遺言として軍事的才能のある大村に託すとのようであった。

薩摩藩が朝廷の実権を握り、その中心的人物は西郷吉之助（隆盛）であったが、長州にくらべて兵の数も少なく、藩主島津忠義は二千二百人の兵を従え海路で上京した。


尾張藩主慶勝公から赤松軍太夫それに家老八人に登城するよう命があった。

軍太夫は家老達の末席にいたが、慶勝公に、

「鈴木、赤松の両名、前へ」

と呼ばれた。

「赤松近う、もっと」

鈴木は家老であるから殿の近くまで進んだ。裃、袴など着用していない赤松は、モジモジとしていた。慶勝公は、

「これ、もっと近う、鈴木のところまで来るがよい」

と言った。軍太夫は仕方なしに鈴木の横に座った。

慶勝公は家老の八人を見て、「瀧川」「大道寺」「横井」「山澄」「石河」「下條」「成瀬」「鈴木」と家老全員の名を呼んだ。

「我が方もいよいよ出陣となるだろうが、そのとき狼狽することなく編制を末端に至るまで徹底するように。新兵器を使い慣れるように。使い方が分からんでは宝の持ちぐされであるからな。毎日錬磨の徹底だ。これによって勝負がきまるからな」

殿は大変な熱の入れ方である。

それから蜿々《えんえん》八ツ（二時）から暮れ六ツ（六時）まで五時間作戦の要項が話し合われた。

先にもどっていた軍太夫は奥方とともに鈴木の部屋で鈴木の帰りを待っていたが、

「奥様、もう、そろそろ帰られます頃、それにしても長い会議ですね、ちょっと見て来ます」

と軍太夫が門まで出ると鈴木が五人の侍と一緒に帰って来た。

「鈴木様、お帰りなさい。お疲れでしたでしょう」

「うん疲れたよ」

妻よしのも玄関まで出て、鈴木の刀、大小を受け取り、部屋までもどった。

鈴木は裃、袴を外して肩に手をやった。

「鈴木様、少し肩を揉みましょう」

と軍太夫が言った。

「有り難う。いい気持ちだ。今日は疲れたよ」

「そうでしょう。鈴木様、うまくいきましたか」

「なかなか近代戦の編制は、みんな初めてであろう。槍や刀の時代と違って、大砲の使い方、距離弾着はむずかしい。下手をすると味方を傷つけるからな。大村のように天才的才能がない者ばかりで……。なお時をかさねるのだ」

「鈴木様、大砲は初め大体の距離撃ちをするのです。その弾着で、行き過ぎ、近過ぎと砲身を上げ下げするのです」

「軍太夫殿、知っていたのか」

「いいえ、たぶん、そうではないかと」

「そうだ、そうだ。よし分かった。そうか、ただ撃てばよいものではないな。軍太夫殿、大村に敗けん才能があるではないか」

「鈴木様、とんでもないことを」

「のお軍太夫殿、昔のように、やあやあ遠からん者は近くで聞け、我れこそはという時代ではないな。鳶巣山の紀州藩大将安藤飛騨守みたいに槍、刀の時代と違い、大砲一発で戦は終わりだよ」

二人は高笑いした。よしのも笑った。

「軍太夫殿、殿もこれでやれやれとな」

また二人は大笑い、酒盛りがすすんだ。

「のお、軍太夫殿、皆の前で殿からお誉めの言葉をいただき胸がスーッとしたな」

「はい」

「のお、家老の中には気にいらぬ者もいるだろうの」

「それはあるでしょう。あれだけの誉め方をすると、なにッということになりますね」

「そうよ」

と言いながら、上々の酒である。

このとき鈴木は五十四歳。軍太夫は三十七歳であった。軍太夫もあと五年の命である。

大政奉還

大村益次郎は、高杉晋作が自分を買ってくれた、その信頼が嬉しかった。高杉は、若くして倒幕の夢を捨てない人だっただけにその死は惜しまれた。大村は手を合わせて高杉の冥福を祈った。慶応三年四月に坂本龍馬の亀山社中が海援隊と改称した。討幕指導者、中岡慎太郎は、脱藩の罪を許され土佐藩の陸援隊長となった。

五月十八日、土佐の板垣退助は西郷吉之助（隆盛）と京で会見、討幕の密約をする。

五月二十七日には討幕をめざす薩摩、土佐の同盟が結ばれ、六月二十二日はさらに薩摩、長州、土佐の連盟が成立した。

九月六日には長州藩で山口藩、山口政庁に藩の重職者たちを集めて討幕の時期について会議を開いた。

桂小五郎を中心として出兵を早く、天皇に討幕の時期を御下命されるように願った。しかし大村はその時期はまだ早い、それに兵備させる必要があるので、時期が熟さないと言うのである。

九月十八日、長州で、薩摩と毛利藩が王政復古のための派兵を約束する。二十日には薩摩、長州、芸州の派兵盟約が成立する。

十月十四日、京都で徳川慶喜が大政を奉還す。

徳川家康が慶長八年（一六〇三）に幕府を開いてから二百六十五年目のことで、この奉還に若い明治天皇を擁した。

朝廷では薩摩、長州の二藩に討幕、会津、桑名の二藩に追討の密勅を下した。

大政奉還の全文と相前後して、土佐の庄田次郎衛門から手紙が来た。


徳川慶喜が大政奉還しましたが、会津、桑名の二藩は二条城にあって、慶喜をたきつけているそうです。また京では、新選組は相変わらずの狼藉を働いているそうです。そこで東征出兵をいつにするか、いま薩、長、土、芸、因、備後の派兵を約束したが、西郷さんは薩摩の兵が少ないため国に帰られました。もうすぐです、お待ち下さい。

土佐藩士　庄田次郎衛門

慶応丁卯三年十月十七日

赤松軍太夫先生

軍太夫は、さっそく鈴木にこの手紙を持って行き、登城した。

名古屋城主、徳川慶勝公はニッコリ笑って、

「鈴木、赤松、いよいよだの、待ちどおしいの。赤松、お前は行けないぞ。残った者に教育を、しっかりやってくれ、たのむぞ。鈴木、大砲を一発ぶっぱなしてやるか。胸がスーッとするぞ」

慶勝公がこんなに子供のように喜ぶ顔は、はじめてである。それもそのはず過去二百六十年間、事あるごとに尾張の陰謀よと蔑《さげす》まれ、幕府に歴代の藩主が恨みをいつかはらしてくれると思う心が、家老丹後守鈴木宗近にも、痛いほどよく分かる。

「殿、いよいよ新兵器の見せどころですな」

「そうよなあ」

「殿、それまで御身を十分に休ませて下され」

「うん、分かった」

「鈴木、赤松の両名、大儀であった」

と労いの言葉をかけると、殿は立って行かれた。残った二人は上機嫌でお城を下がっていった。

軍太夫は思った。自分は百姓の身でありながら、徳川慶勝公にお言葉を賜わるなど、自

分自身思ってもみなかった、と。

「軍太夫殿、早く帰って一献やるか」

「いいですね」

「軍太夫殿、わしの手柄は、みんな軍太夫殿の御膳立てだ。有り難く思うよ」

城門から鈴木は御駕籠に乗った。供の者が八人、駕籠の前後に護衛についた。鈴木屋敷に着くと、

「お帰りなさいませ」

奥方が出迎えた。

「今帰った」

刀の大小は奥方に渡した。

「奥、早く膳を持って来るように」

「はい」

と女中に言いつけた。

「貴殿《あなた》、殿様のご機嫌は？」

「うん、殿は事のほかだ。のう軍太夫殿」

「さようでございます」

と軍太夫は鈴木に合わせた。

「今まで、あんなお顔を見たことがなかった。今日は、よい日であった。のう軍太夫殿」

「はい、そうでしたよ、お母様」

「あら、赤松様お珍しい。私にお母様は、はじめて。それでいいですよ」

「どうもすみません、つい口が……」

と言うと、軍太夫は頭に手をやった。

「いいんだ、それでいいんだ、家族だよ」

と宗近が言った。

よしのは勘当された長男宗辰のことを思い出しているんだろう、涙を隠して拭いた。

宗近と軍太夫のところではいつもの楽しい酒がはじまった。


大政奉還した徳川慶喜はすでに将軍ではないが、その組織はまだ厳としていた。

会津、桑名の二藩は二条城にあって慶喜を守護していた。

西郷吉之助は言うまでもなく、すでに朝廷の実権を握っていた。そして出兵するために、ひとまず鹿児島に帰った。

十一月十四日、大政奉還論の草稿が坂本龍馬の船中八策として成った。

龍馬は長崎から兵庫をめざして航行していた船中で書き、後藤象二郎と練り上げ、朝廷の意見として申し立てた。これが慶喜の大政奉還上表になった。

船中八策の全文

一、天下の政権を朝廷に奉還せしめ政令宜しく朝廷より出《い》づべきこと。

一、上下議政局を設け、議員を置きて万機を参賛せしめ、万機宜しく公議に決すべきこと。

一、有材の公卿、諸侯および天下の人材を顧問に備え、官爵を賜い、宜しく従来の有名無実の官を除くべきこと。

一、外国の交際、広く公議を採り、新たに至当の規約を立つべきこと。

一、古来の律令を折衷《せっちゅう》し、新たに無窮の大典を選定すべきこと。

一、海軍宜しく拡張すべきこと。

一、御親兵を置き、京都を守護せしむべきこと。

一、金銀物価宜しく外国と平均の法を設くべきこと。

以上八策は、方今天外の形勢を察し、これを宇内万国に徴するに、これを捨て、他に済時の急務あるなし、苟も此の数策を断行せば皇運を挽回し、国勢を拡張し、万国と並立するもまた、敢えて難しとせず。伏して願わくは、公明正大の道理に基き、一大英断をもって天下と更始一新せん。

後藤と坂本は基礎工作として薩摩藩と交渉を始めた。幕府をして政権を放棄させるとともに、藩体制はこのまま残すかのようなこの大政奉還論は、戦争に伴う藩民衆の暴動を恐れねばならなかった。

六月二十二日、後藤、坂本、西郷、大久保らによる藩、士の盟約はこうして結ばれた。

十一月十五日、坂本龍馬は福井からの帰り、疲れが出たせいか、二、三日前から風邪気味で近江屋新助の二階の奥八畳間で火鉢を据えて背に蒲団をはおっていた。南国育ちの龍馬は、まるで着ぶくれ雀のようであった。

さすがの龍馬もクサクサした気持ちでいる暮れ六ツ刻（午後六時頃）、陸援隊長土佐藩士石川清之助（中岡慎太郎）が訪ねて来た。世間話でもしにきたのであろう、と。

それから小半時ほどして、近江屋の者に、「わしは松代藩の者ですが坂本先生は、お在宿でございますか。ぜひ御意を得たい」と男が二階に上がった。

坂本と中岡は議論に一生懸命であった。

「坂本先生、しばらくでございました」

と男が声をかけた。

龍馬は「どなたかな」と声をかけた。その時、龍馬の目の前に〃キラ〃と光るものが見えた。龍馬は、「しまった」と思いきや、龍馬の前額部左口元から右の目の下にかけ頭蓋骨もろとも深く薙ぎ払われた。龍馬は床の間の愛刀（吉行）を握ろうとしたとき、背中、右背先から左背骨にかけて、男の二刀が斬り下ろされた。

龍馬が立ち上がろうとしたとき、さらに三の刀が龍馬の頭を鉢巻に斬りさいた。

中岡も別の部屋で数カ所斬られて倒れた。後で分かったが、新選組の見回り組、今井信郎という。もう一人は高橋安次郎であった（一説には佐々木只三郎ともいう）。

龍馬は、享年三十三歳、中岡は、三十歳であった。

朝敵となった将軍

この当時、京都でも珍しい狂う群衆の流行《はやり》があった。

こちらに五十人、あちらに百人と踊り狂う人は年齢に関係なく、踊りの形などない。ただ手をあげて阿波踊りのように、「ええじゃないか」と朝の九時頃から夜通し、午前二時頃になると、ようやく人々は踊り疲れて帰って行く。

老若男女衣裳を美しく着飾って踊り狂う。

天保年中から踊り始めていたが、弘化三年に仁孝天皇が崩御されると、二年ほど途絶えていた。

安政年間に入ると、世の中がなお暗くなって、多くの志士が処罰されるなどして、民衆はやりきれない重圧にからまれ、それに外国の軍艦が日本近海に出没するなど、まったく明日がどうなるのか分からない世の中に、打ちこわしなど世直し一揆が各地で起こった。民衆の気持ちの発散とともに世直しへの希求を踊りで表したものとも言われる。


十一月十七日、薩摩の島津忠義は西郷と三千の兵を従えて海上を長州三田尻港に入り、瀬戸内海を経て上京した。長州も一刻の猶予もならじと、二十五日、二千二百の兵が海路上京した。大坂城中にあった旗本、会津、桑名藩士も討幕をこれ以上押さえることはできなかった。それで慶喜は正月一日、薩摩の罪状を列挙して奸臣（悪だくみする臣）の引き渡しを要求してきた。実現できないなら誅戮《ちゅうりく》（法によって殺す）を加えるという内容の討薩の表を朝廷に提出しようとし、これを諸藩にも伝えて出兵を命じた。

正月二日、老中格大河内正資を総督とする幕府軍一万五千が、大坂から進軍を開始して淀に本営を置いた。

会津藩兵の本隊は伏見に集結し、新選組などをまじえ、伏見奉行所に本営を置いた。このあとは慶喜の入京参内の手筈であった。

薩摩の大久保、西郷らは、このまま平和裡に慶喜が入京すれば、もはや討幕は不可能となり、日本の将来もこれ限りであるという追いつめられた立場にあった。

正月三日、大久保は動揺する岩倉、三条を説き伏せて、朝敵徳川家に対する討伐の朝議を得たのである。

早朝から伏見奉行所を本営とする会津藩兵らに対し、中央に長州、西に土佐、東に薩摩の三軍である。

奉行所に向けて猛砲撃を行い、伏見では市街戦だった。抜刀してくる新選組の剣士も新兵器の前には無惨なものであった。

戦死者のほとんどは火縄銃、槍を持つ者と抜刀して官軍に斬り込む者達であった。

正月四日、濃霧の中を幕軍は鳥羽、伏見に進軍してきたが、京軍に撃破され敗走した。

高松藩兵らは一発の弾丸を撃つまもなく火縄銃や弾薬を放置して逃げた。

その京軍の後ろには錦の御旗がたなびき、幕軍は名実ともに逆賊となった。

この戦で、淀、津両藩の裏切りによって幕軍は全軍総崩れとなった。幕軍慶喜は大坂城にこもった。この間一度も姿を見せなかった。

慶喜は大坂城にこもっていたが、自ら陣頭に立って反撃すると称して、大坂城を脱出し松平容保らを連れて江戸に向かった。

最高指揮官の逃亡を知った大坂城将兵らは「こんなことだから三百年の徳川の天下を三日で失うのだ」と悔しがった。

幕府艦隊の副総裁榎本武揚は大坂城中から金貨十八万両を富士山丸に運び、江戸に引き揚げた。

（尾張藩主慶勝の実弟は、会津藩主松平容保、桑名藩主松平定敬の二人を攻めるには誠に忍びなかった、という）

軍太夫は蘭学塾の刻限を終えて、療養所に行き、医師鈴木宗春に医療の現状を問いただした。

医師七人、看護人十五人をかかえての経営の話を聞くと、患者数は毎日二百人を越えるという。それに医師の不足、看護人も、二十人は必要数となっている。

そんなことを宗春と話していると、飛脚が来た。元斎藤道場にいた和田勘兵衛（長州）からの手紙は、藩庁にいて鳥羽伏見の戦にいたる作戦と命令系統司令官大村益次郎からの藩命など詳しく書いてある。

それに水野兵助（土佐）からも手紙が届いた。

水野は龍馬が亡きあと、庄田次郎衛門と一緒にいたが、水野は戦のとき土佐軍の少隊長で参戦、庄田は土佐軍と司令部との連絡用員であり、それぞれの戦闘の様子が詳しく書かれていた。


官軍も恐れていた、藩軍の一万五千人と新選組の者達。彼らは誰にも命令も受けず勝手に戦いを挑み、激しい戦闘状態を無視した行為で、結果は銃弾の雨に倒れるという有様でした。

この戦いは新兵器と旧式の火縄銃、それに槍との戦いでした。もちろん勝敗は藩軍側の兵士の頭数が死の数となったことは言うまでもありません。


軍太夫は、この二通の手紙を、すぐに鈴木に見せると、鈴木はすぐ藩主慶勝公に見せた。

「鈴木、赤松という良き友を持って幸せ者よのう」

「御意」

「鈴木、ところで我が方も出陣の用意をせねばならんのう」

「はい、いつでも出陣用意は可能でございます」

鈴木との話の途中、裃姿で紫のふくさに包まれた物をのせた三方《さんぼう》を持った者を先頭に、十人がぞろぞろと入って来た。その者達が鈴木の前に止まって、その三方を手渡した。鈴木は、その三方を慶勝公に渡した。

慶勝公がそのふくさを取ると、錦の御旗である。

「鈴木、見よ。錦の御旗がついに来たぞ。見るがよい」

それは美しい錦織に菊の紋章がつけてある。

「鈴木、すぐ家老達を集めよ」

「はは」

鈴木が家老に連絡してから約一時間で全員が集合した。

「殿、全員揃いました」

「うん、皆の者、我が尾張藩にも錦の御旗が下賜された」

と慶勝は立って錦の御旗を皆に見せた。菊の紋章が一段と光り輝いている。家老達全員が平伏した。

いざ出陣

「皆の者、聞くがよい。いよいよ、我が尾張藩にも出陣命令が下された。それは二月二十五日で明け六ツ全員集合して、手筈通りに編制を整えるように、家老は、命令を徹底するように。御旗は瀧川豊前守その方先頭で、次が鈴木丹後守、後は編制通りとする。くれぐれも失敗のなきよう、準備すること。それに新兵器も編制通りな。それから御旗は槍にしっかり結びつけておくように」

慶勝公の顔は一段と笑みをうかべて、

「どたんばになって、鳥羽伏見の戦いで津藩、淀藩が寝返った。それに紀州藩もだ。これで近畿、四国すべてだ。これはおもしろくなってきたわい」

と大笑いであった。家老達も顔を見合わせて大声で笑った。

二月二十五日の朝である。

尾張藩出陣、編制通りに隊列を組んだ。

軍太夫、鈴木宗春、よしの、宗春の妻マユミ、子勝太郎、軍太夫の妻峰、子松之助、そのほか療養所の看護人達に見送られる出陣の晴れ姿は二百何十年誰も見たことのない雄姿であった。

大勢の人である。その中の見送り人の中に軍太夫は新兵器や大砲を見て、

「宗春先生、父上はどこかな」

「あそこです。軍事参謀の後ろの馬上の人です」

「ああ、そうだ、いたいた。鈴木様ー」

と大声である。手を振った。鈴木も見えたとみえ、手を高く上げ、笑っていた。二番隊である。

藩主慶勝公は先頭にいて、陣羽織に采配を振った。「出発」の大声につづいてホラ貝が鳴る。二番隊鈴木の後ろで、ラッパが鳴った。このラッパの音は日本人が初めて聞く音である。ラッパは官軍から渡された物である。この時代に万歳《ばんざい》はなく、思い思いに声を出して励ましていた。

新政府軍は東征大総督府を新設し、二月十五日、錦の御旗の下に東征の途に江戸をめざす。東海、東山、北陸の三道各藩も旗じるしを持って東征する。薩長はじめ二十二藩である。これらすべての兵力七万なり。

宮さん宮さん（トコトンヤレ節）

品川弥二郎　作詞
大村益次郎　作曲

宮さん宮さんお馬の前に
　ひらひらするのは何じゃいな
トコトンヤレ　トンヤレナ
　あれは朝敵征伐せよとの
錦の御旗じゃ知らないか
　トコトンヤレ　トンヤレナ

一天万乗の帝王《みかど》に
　手向いする奴を
　　トコトンヤレ　トンヤレナ
ねらい外さず
　どんどん撃ち出す薩長土

トコトンヤレ　トンヤレナ

伏見、鳥羽、淀、
　橋本、葛葉の戦いは
トコトンヤレ　トンヤレナ
　薩土長肥の合うたる
手際じゃないかいな
　トコトンヤレ　トンヤレナ

音に聞こえし関東武士
　どっちへ逃げたと問うたれば
トコトンヤレ　トンヤレナ
　城も気概も
捨てて吾妻へ逃げたげな
　トコトンヤレ　トンヤレナ

国を追うのも人を殺すも
　誰も本意じゃないけれど
トコトンヤレ　トンヤレナ
　薩長土の先手に
手向いする故に
　トコトンヤレ　トンヤレナ

雨の降るよな
　鉄砲玉の来る中に
トコトンヤレ　トンヤレナ
　命惜しまず魁するのも
皆お主のため故じゃ
　トコトンヤレ　トンヤレナ

この歌は、長州藩倒幕派の品川弥二郎が作った日本初の軍歌といわれている。庶民の間にも急速に広まり、当時の流行歌となったこの歌は、新政府軍にとっては大きな宣伝効果となり、東征の途中でも、なんの抵抗も受けずに江戸へ進軍できた。

慶応戊辰《ぼしん》四年（一八六八）三月六日、駿府に達した東征大総督府は、江戸城総攻撃の期日を三月十五日と決定。駿府では幕府側の嘆願が再三再四行われた。

三月七日、上野寛永寺輪王寺宮は将軍慶喜や先代家茂に降嫁した和宮の依頼をうけ、東征大総督有栖川宮を訪れた。だがその願いは空しく退けられた。

同じ年の一月三日に始まった鳥羽伏見の戦いで、新選組流亡の始まりとなった。その時新選組の総長近藤勇は肩に銃弾をうけた。その戦いで小銃により二十余名もの戦死者を出した。近藤は肩の傷も癒え甲陽鎮撫隊を三月一日に組織したが、逃げた者ばかりで残りは二十名ほど、永倉、斎藤、原田等であった。

かつては百姓の小倅であった近藤は今は大旗本となって、故郷に錦を飾って帰った。地元では大歓迎であったが、板垣退助が率いる官軍三千名が岩倉具視を先頭に甲州の城に入った。

近藤は下総国流山で再起を図ろうとした四月初めの朝、目が覚めたところ、十重二十重と屯所を官軍に囲まれた。近藤はついに、捕われの身となり、板橋で首を打たれた。

享年三十五歳であった。

近藤勇の首は塩漬にされて、京都に送られ三条河原や大坂の千日前にさらされた。首のそばに立札があって、そこには次のように書かれてあった。

近藤勇　罪状

右ノ者元来浮浪之者にて、初め在京新選組を勤め、後に江戸に住居致し、大久保大和と変名し、甲州並下総流山において官軍に手向ひ致し、或は徳川の内部を承り候抔《など》と偽り唱へ、不二容易一企に及び候段、上は朝廷下は徳川の名を偽り候次第、其の罪数ふるに暇《いとま》あらず、仍《よっ》て死刑に行ひ梟首《きょうしゅ》せしむるものなり。

一方、軍太夫の尾張では、近藤勇の話は土佐の庄田次郎衛門の手紙によって知らされていた。いよいよ江戸城開城が大詰めであることも。それが終われば、いよいよ廃藩置県である。

軍太夫の願いは病院設置問題で、ぜがひでも五千坪を西郷先生にお願いする文書を認《したた》めていた。

その頃、江戸の治安が悪く商人や一般市民の間には不満がたかまっていた。

盗賊、強盗の被害は毎日であり、それに鳥羽伏見の戦いに惨敗して大坂城に逃れたが、将軍は部下を見捨て江戸に逃げ帰った。その京坂に集まった敗兵が江戸に帰って、盗賊の不逞《ふてい》の徒と化していた。

戦後処理

元将軍慶喜は上野寛永寺の大慈院にこもった。

上野の輪王寺宮は、慶喜の助命と徳川家存続の嘆願を朝廷に対して行った。

徳川家存続の寛大論者は長州の木戸であった。

一方、薩摩の西郷、大久保は「天地の間を退隠すべし」として慶喜に死刑を強く主張した。


慶応戊辰《ぼしん》四年（一八六八）三月九日、西郷が大総督熾仁親王の承認を得て山岡鉄太郎に示した七カ条の降伏条件は左の通りである。

一、慶喜儀、謹慎恭順の廉《かど》を以《もっ》て備前藩にお預かり仰せ付けらるべき事
一、城明渡し申すべき事

一、軍艦残らず相渡すべき事
一、軍器一切相渡すべき事
一、城内住居の家臣、向島へ移り慎み罷《まか》り在るべき事
一、慶喜妄挙を助け候面々、厳重に取り調べ謝罪の通きっと相立つべき事
一、王右共に砕くの御趣旨更に之無きに付き鎮定の道相立てるに、もし暴挙致し候者之在り候わば、官軍を以て相鎮むべき事

降伏する以上、第二条以下に異論はない。しかしながら勝海舟や山岡は家臣として、慶喜の処遇には忍びがたい旨を西郷に訴えた。西郷の示した条件は朝命である。西郷は君臣の道義を切々と説く山岡の誠意に折れた。慶喜のことは西郷が引き受けると答えた。


しかし官軍の進軍はまだ続いた。

西郷と山岡の会見で慶喜は水戸へ退隠となった。

西郷は駿府の総督府に使者を出し、翌日三月十五日の江戸城総攻撃を中止にした。西郷はあれほど、強硬に武力による徳川討伐を主張していたが、寛大な処分案を受容することとなった。

二十日、西郷が政府会議で徳川家処分案が大筋で承認された。慶喜を死一等減じ水戸に退隠と決められた。この死刑論から軟化した背景には英国公使パークスの働きかけがあったという。

四月四日、勅使一行が江戸城に入って朝命を伝え、江戸を東京とする。

十一日、官軍諸藩兵が江戸城に無血入城して、城の明け渡しが行われた。この日慶喜は大慈院を出て水戸に向かった。二百六十五年続いた徳川体制は終わりを告げた。

(なお徳川慶喜は大正二年七十六歳で死亡した。慶喜には二十人の子があったという)

三月二十一日、明治天皇(十五歳)が宮中を発して二十二日大坂着。二十六日安治川橋の浜から軍艦に乗られ天保山沖で諸艦を観閲された。

軍艦、汽船の多くが大坂湾に集結していた。天皇は日本初の観艦式砲礼を受けられた。

四月六日、天皇は大坂城内で陸軍調練と砲術操練をご覧になった。これが日本での初の観兵式である。

大村益次郎に困ったことが起きた。公卿(公家)達は、司令官の大村益次郎に、

「天子様に礼をするにはいかようにいたすか」

と陸軍の礼式を尋ねた。

「はい、西洋式礼法では、捧《ささ》げ銃《つつ》という礼があります」

と答えた。公卿は、

「どのようにするのか」

と尋ねたら、大村は、

「このように銃を前に持って天子様にまっすぐ目を向けるのです」

と説明した。すると、公卿達は、

「それだけか、それはならぬ。畏れ多いことだ。兵の身分で、上お一人を直視するなんて許さん、ほかに礼式はないのか」

「ありません。軍隊はすべて西洋式です」

「あいならんと申すに」

大村は仕方なく観兵式は土下座敬礼をして終わらせたという。

軍太夫は戦局を見計らって江戸薩摩屋敷の西郷先生に「名古屋城の近くの剣術道場の四百坪は手狭のため、現在ある病院を拡張したいと思いますので、お願いいたしたいのですが、いかがなものでしょうか」という内容の手紙を出した。

軍太夫としては、とても無理かと思う、それどころか無茶であろうとさえ思っていた。五日目に上野から返事がきた。

軍太夫は胸はずませて読んだ。その内容は、「赤松先生、大変よいお考えです。名古屋には、いずれ鎮台（地方を鎮める兵営・師団）をおくつもりです。文面の五千坪は無理かと思いますが、今の道場は別として、三千坪でよろしくお願いします。病人のために、ぜひ実現して下さい。なんとか考えます。城内に本村盛高という薩摩の士がいますから、その者に立ち合ってもらい縄を張って下さい」というものであった。

軍太夫は喜び、療長の宗春にこの手紙を見せた。妻のお峰もみんな喜んだ。

「宗春殿、明日城内で本村盛高に会って、さっそく杭打ちをしてもらおう」

「義兄《にい》さん、よろしくお願いします」

宗春が義兄さんと言った。

七人の医者も看護人三十人、事務長のお峰も皆軍太夫の話を聞きに来た。

「宗春殿、お峰、鈴木屋敷もこの三千坪に入っているのだ。父上が帰られたらお喜びになる」

と言った。

軍太夫は「西郷先生、有り難うございました」と東の方を向いて頭を下げた。

慶応三年の九月に、年号は明治に変わった。

明治己巳《きし》二年（一八六九）、版籍奉還が行われたが、新たに地方官としての藩知事になったのは、今までの藩主であって、旧藩時代と同じである。

藩を廃止して府県に統一しようとしたが、今すぐとはいかなかった。

明治辛未《しんび》四年（一八七一）、七月十四日廃藩置県を断行する。

尾張藩ほか各藩も江戸をあとに帰郷することとなった。七月には江戸は東京となり、天子様は江戸城に移り、西の丸は新政府の政庁になった。

天子様を中国の古事に習い、天王地皇の中から天と皇を取って天皇とする。

西郷が日頃考えていたことは、天皇を東京に移して、もし万が一、諸々の抵抗があった場合を考え、薩、長、土の三藩の中から一万人の兵力を天皇の「親兵」（後の近衛兵）として東京に集めて、予期しない出来事にもすぐ対応できる武力とした。

午後二時には天皇は大広間に出御し、鹿児島県―島津知事、山口県―毛利知事、佐賀県―鍋島知事と高知県―山内（代理）板垣退助の四人を前に、三条実美《さねとみ》が勅語を読みあげた。先に四藩が率先して版籍奉還したことをほめ、これからも協力してほしい旨をのべた。

それから、藩知事が呼び出され、同じように三条が「今から藩を廃止、県となす」との詔書を読みあげた。

こうして二百六十五年続いた藩は一斉に廃されて、三府七十二県となった。当初は三百二県であった、また旧藩主は華族という身分を与えられ、家禄も従来通りの額が与えられた。


尾張官軍は諸藩の抵抗もなく進み、九月に帰り着いたが、小藩にいたっては財政事情が苦しく存在も危ぶまれたところもあった。

払える見込みのない、借金の肩代わりを政府がしてくれる。債権者にしても取り立てが政府であれば不平の起きようもない。

全国から税の徴収を一手におさめて、中央集権的な内治の実をあげることができた。

旧大名の藩知事はすべて免官となり、各府県には地方官が任命された。

武士の時代終わる

無事帰った鈴木丹後守、今は丹後の守ではない。ただの士族、鈴木宗近である。

軍太夫は西郷の手紙を持って、無事の帰りを喜び挨拶した。

「軍太夫殿、楽しかったよ。こんな旅をしたのははじめてであった。戦いはなく、ただのんびりと馬に乗っての旅だから、こんなことは最初にして最後で、もうこんなことは二度とないだろうな」

と鈴木は笑った。

妻よしのはニコニコして嬉しさを隠しきれない。

女中二人、医者の宗春とその妻マユミ（診療所の会計）、一人息子の勝太郎と軍太夫とその妻峰、息子松之助らみんなが、鈴木の帰りを喜んだ。

軍太夫は、さっそく西郷のお墨付を鈴木の前にひろげ、

「これから大病院としての経営には三千坪の土地があれば、後々までも不自由はないであろう」

と軍太夫はみんなの前で言った。

「軍太夫殿、大変な収穫ではないか」

「はい、前からの念願でありましたが、西郷先生から名古屋に鎮台（師団）が出来るので三千坪にしてくれと言われ、城内にいる本村盛高という薩摩の士が立ち合って杭打ちと縄を張ってくれました。ちょうどこの屋敷が都合よく入り、城明け渡しにも返すことはありません。このまま住めばいいのです」

「ああ、それは有り難い。何はともあれ家を探さねばと考えていたのだ」

「鈴木様、明日、宗春殿、お母様も一緒に病院の土地、それから設計を考えましょう。かなり広いですよ」

「そうであろう。してその資金は」

「はい、西郷さんに借ります。それは催促なしです。国の御金です。病院ですから、すぐ返せますよ」

「そうだろうか」

と、鈴木が不安そうに言った。

「岩崎弥太郎（三菱）は藩の船で維新の戦や各所乱に軍関係の仕事をして全部自分の物になったのですよ」

「そうか」

鈴木は嬉しかった。妻のよしのに、

「よかったの。わしら屋敷が明け渡しになったらどうするかと考えていたんだ。よしの、わしはこの病院の会長だって」

と言うと、よしのは「ほほほほ」と笑った。軍太夫は「宗春殿、これからは東洋医学より西洋医学のほうがよいと思うが?」

と軍太夫が宗春に問いかけると、

「はい、今、日本での西洋医学の第一人者は緒方洪庵、シーボルトとその娘、楠本いね子（日本初の女医）それに大村益次郎という人達です」

と宗春が説明してくれた。

「ところで鈴木様、一族そろって会うのは久し振りですね」

「そうだな」

鈴木は思った。

（この軍太夫がいなかったら鈴木の家は破産しているだろう。長男宗辰は勘当、次男は若くして故人、三男の宗春とて長崎で浪人達に殺されていたかもしれん。そして維新での屋敷の明け渡し、長家を借りてと思うと背筋が寒くなる。他の七人の家老達はどうしているのか……）

今あらためて軍太夫に手を合わせる鈴木である。

「それでは一献」と、杯を軍太夫に渡した。宗近の江戸攻めの話に花が咲いた。よしのと峰はよく笑った。

軍太夫、このとき三十九歳である。（もう三年の命しかない）

徳川の世では浪人でも働かずして食うことができた。しかし、武士の世の中は維新とともに消え失せた。新政府は浪人となった者に新たに職につくまでの生活資金として金禄公債を出した。

職業として農、商、工いずれの職にでもつかせて生活を安定させようとした。が、何分不慣れな武士は金禄公債を売り、酒にひたる者が多かった。

武士といっても昔からの武士ではない。江戸攻めのとき鉄砲を持っていたのが農町民、それに集義隊は博徒達が二本差しになった。甲州の黒駒の勝蔵やその兄弟分の雲風の亀吉（平井亀吉）などがいた。

農、雑業、商工、無職、日雇、巡査、教員となったが、上級士族になると官員が圧倒的に多い。大名や上級武士は多額の金禄公債をもらい金利で暮らせたという。

武士の刀と丁髷《ちょんまげ》は外国人にみっともないというので「散髪脱刀勝手たるべし」と触れを出した。

若者はバッサバッサと散髪したが、年寄りはなかなか切れなかった。

仕事をするに刀を持っていてはできず、自然に脱刀するようになったという。

徴兵令は、それから三年後のことである。世の中はひとまず落ち着き、武士だといって刀を差して歩く者も少なくなり、中には刀を売り、木刀を差して歩いている者は罰せられなかったが、人の笑い者になるだけであった。

軍太夫は剣術も蘭学の塾生もいない。この頃、退屈の毎日であったが、西郷さんから、名古屋に鎮台を置くことになるので兵に剣術を教えてほしいと言ってきた。

明治二年五月下旬となって新政府の諸官は改名するものが多かった。

六月二日、維新の創業の論功行賞が発表された。

西郷隆盛（吉之助）　二千石（一説には三千石）
大久保利通（一蔵）　千八百石（薩摩）
木戸孝允（桂小五郎）　千八百石（長州）
広沢真臣《さねおみ》　千八百石（長州）
大村益次郎（蔵六）　千五百石（長州）
後藤象二郎　千　石（土佐）
小松帯刀《たてわき》　千　石（薩摩）
板垣退助　八百石（土佐）
山県有朋　六百石（長州）

七月官制改革によって兵部省（後の陸軍省）が設けられた。

大村益次郎が軍令、軍政を司る中枢の地位で陸軍海軍大臣に等しかった。

彼は就任と同時に兵部省前途の大綱を太政大臣参議、大久保、西郷らの諒解を得た。

大村益次郎は彰義隊討伐で功をあげ京都に帰り兵部大輔となり、フランス式軍制を説いて徴兵制の必要性と近代軍制の創始者となったが、九月守旧派により暗殺された。四十七歳。

この頃東京—横浜間に電信が開通。
人力車の発明で下級武士が車夫に志願する者が多かった。

天に帰る

明治庚午《こうご》三年（一八七〇）のことである。

明治となってからは目まぐるしく変わっていく世の中に、軍太夫は目を瞠るばかりであるが、日本全体からすると、まだそんなものではない。

この年になってから横浜—新橋と神戸—大坂間に黒い牛（汽車）を通すために建設が急

がれていたが、名古屋にはなぜか文明開化の波は、まだなんの音沙汰もなかった。

これらの建設は明治五年に開通したが、軍太夫は知る由もなかった。

またこの頃、日本で最初の日刊新聞「横浜新聞」（後に横浜毎日新聞と改称）が創刊された。

ところが尾張（名古屋）は田舎のようであった。それでも刀を差して歩く者も少なくなったが、丁髷を切る者が少なく、鈴木もその一人であった。

軍太夫は、すでに髷を切っていた。

倒幕の波はいつしか遠ざかり、こんどは文明開化の波が押し寄せてきた。元武士などと言っている場合ではない。

「武士は食わねど高楊枝」という時代は大昔のことで、そんなことでは明日は「顎《あご》が干《ひ》上がって」しまう、下級武士、町人共は形振《なりふ》り構わず働けば飯ぐらいなんとか食えた。

昔と言っても二年前までは、腰に二本差していれば飯ぐらいなんとか食えたが、今はそんなことは夢物語のことである。

こんなに慌ただしくなると、じっとしておられないが、軍太夫の道場には誰も訪れる者なく、ただ静かで音一つなく、蘭学塾も、閑散としていた。軍太夫の退屈の日々が続いた。

昼間は、療養所の事務長として毎日忙しくしている峰が留守で、軍太夫は一人で過ごし、話をする相手もなく、つい酒を飲む機会が多くなった。飲めば、息が苦しくなるのを覚えるようになり、昨年の頃より体調が悪くなっていくのが分かっていた。

宗春に相談してみようかと思って診療所まで出て行ったが、患者の多いのに諦めて帰ってきた。帰ってすぐ酒である。酒が唯一の話し相手であった。

お峰が昼刻限に松之助を連れて帰って軍太夫の顔色がよくないのを知った。「貴方、体どこか悪いの」と聞くが、軍太夫は「いや別に」と言って後は何も言わない。

お峰は変だと思った。力の抜けたような軍太夫を見ると胸が痛んだ。お峰は宗春に軍太夫の容態が変だから気をつけて見てやってくれと頼んだ。

宗春が軍太夫の所に来て、

「義兄さん、ちょっと手を見せて下さい」

と手を握ってから、じっと顔を見て、脈をみた。

「義兄さん、しばらく療養して下さい」

軍太夫は「別に何ともないよ」

「いや義兄さん、だいぶ心の臓が悪いです。義姉さん、酒はだめですよ。早めますから」

「はい」

「義兄さん、明日から療養して下さい。一刻も早いほうがいいですよ」

「分かった」

と言ったが応じる気配がなかった。

明治辛未四年（一八七一）のことである。

軍太夫の容体ははかばかしくなかった。

軍太夫は自分でも不思議なくらい、なぜこんな病気になったのであろうか、と思案にくれていた。

「どうです容体は」

宗春が、軍太夫の寝ているそばに来て、軍太夫の手を取って脈をみていた。軍太夫は、じっと宗春の顔を見ていた。ふと長崎にいた頃の宗春を思い出した。大きく成長してくれた。これで本当の医者だと思うと感極まり、大粒の涙がとめどもなく流れてきた。

軍太夫は今まで、どんなことがあろうと涙など流したことがなかったのに……。なぜだ、こんな弱い人間になったのかと。だが、宗春には気づかれていなかった。

聴診器で胸を診ていた。

宗春は、残念ながら軍太夫は長く生きられないと思った。この前よりだいぶ悪くなっている。

「義兄さん、療養所に来てはどうです。一人で寂しいでしょう」

と笑って見せた。

「どうだ、悪くなったか」

軍太夫は尋ねた。

「いや、今ちょっと落ち着いているようや」

と気休めに言った。

「宗春殿、なんだか悪くなっているようや」

「義兄さん、そんな気弱なことではだめですよ。明日から義姉さんを家におきますからね、酒はいけませんよ」

(知っていたんだ)

「おだいじに」

「有り難う」

「薬は義姉さんに持たせます」

「宗春殿、松之助を医者にな」

と、また涙が出てきた。

「まだ先のことですが、今から門前の小僧なんとかと言うではないですか」

と言った軍太夫は笑って頭を振った。

宗春は父宗近の部屋に行き、軍太夫の死の近いことを話した。

「宗春、なんとかならんのか。いくら金がかかってもよい。薬を買ってくれ、宗春」

宗近は涙で顔をぬらしていた。よしのも、

「お峰と松之助が可哀相です」

声を出して泣いている。

「父上、母上、心の臓の薬と言っても、かぎられていますからね。私の命の恩人です」

と言った。

「宗春、そんな話はよそう、な」

「父上、母上も覚悟しておきませんと……。それでは」

宗春は療養所へと急いだ。宗春が帰ってみると、ちょうど薬屋が来ていて、すぐに薬の注文を頼んだ。そして宗春は、事務長の義姉に言った。

「義姉さん、明日から義兄様のところにいてやって下さい。一人で寂しいですから」

「そんなに悪いのですか」

「いや、家族がいないと、十分な養生ができませんからね」

「病名は何と言うの」

「はい、病名は義宗兄さんと同じです」

お峰はなぜ二人共同じ病にかかったのと思うと、すぐには立てなかった。

一方、軍太夫は独り家にいて、ぼんやりとしていたが、ふと古里の風景が脳裏に浮かんできた。目を閉じて幼きとき、父母と兄と田植えをしたこと、天保の大雨で稲作ができなかったこと、京から博徒や浪人が来て、村人をおどして金品をゆすっていたこと――。

「お父う、お母あー」と大きな声で名を叫んだ。その時、軍太夫の顔が真っ赤で汗でびっしょりで、手拭を取ろうとすると、お峰が帰って来た。

「貴方、取りますから寝ていて」

と言ったところに松之助も帰ってきた。

「貴方いかがですか」

「うん汗をかくようになった。時折脈が高くなったりするんだ」

「貴方、宗春さんも、ひどく心配されていました」

「悪いな、皆に心配かけて」

「静かに休んで下さい」

と言って布団をかけた。

軍太夫は、自分の教えた剣士は数知れず、その若者達は今どうしているだろうか。若い命は花火のように消えていったのか……。

尾張の剛剣士は今ここに文明開化の波の中に身を横たえている。

維新の論功行賞として三千坪を下された。これだけでも、我が妻子、鈴木一家、宗春妻子その他多くの使用人が行く末永く暮らして行けるだろう、と軍太夫は「西郷さん」と手を合わせた。


明治壬申《じんしん》五年（一八七二）の正月である。軍太夫妻子、宗春妻子、女中、養生所の使用人達全員が鈴木家に集まるのが前からの習わしであった。みんな元気そのものである。

軍太夫は歩かれないので宗春の発案で座椅子に両側に長い棒を結び付けて女中達に運ばせた。軍太夫は歩くことも許されない身の上である。

みんな元気で正月の挨拶をしている。

総勢女二十七人、男は五人。医者は七人である。

今は家老侍は誰もいない。

賑やかである。軍太夫は、これだけ女がいるのにお峰は光って見えると思った。

いつもの正月であれば、軍太夫は鈴木と向き合って飲むのが通例である。

しかし鈴木は軍太夫に気遣って酒も飲まず、女達と一緒である。女達だけが大賑やかである。

軍太夫は鈴木家に気遣っておもしろい話をしてみんなを笑わせていた。いくつかの話をしていると、少し喋り過ぎたのか、身体が疲れてきた。そんなことで楽しい正月も終わった。

これから寒い寒い冬へと、一月、二月。三月ともなれば春風一番が過ぎ桃の節句と花のたよりを待ちわびるころである。


四月五日辰の刻（午前八時頃）、軍太夫は静かに息を引きとった。

宗春が、御臨終を伝えると見舞いの人達は一斉に泣き声となった。

宗春は手を合わせ、我が身が長崎の時いろいろと面倒を見て下さり励ましてくれたこと、自分は気が弱いのでだめだと言うと、我が事のように勇気づけて下さった。自分が医者になるのにどれだけの御膳立てをしてくれて、今では尾張一の医者、大病院の院長にまで押し上げて下さった。手を合わせていたが、止めどなく涙があふれ、大声を出しては泣くまいと、歯をくいしばっていた。峰が松之助と席をはずした。峰は泣かなかった。

軍太夫の生まれは五月三日であるが、奇しくも刻限は同じであった。

当年厄年の四十二歳。軍太夫の死は江戸、掛川、尾張、京、長崎、長州、土佐、薩摩へと四方に伝えられた。
かつての教え子、剣士、政治家達から逸早くお悔やみの状や御香料が送られてきた。
葬儀の席上、元尾張六十二万石の藩主、徳川慶勝をはじめ、元家老の瀧川豊前守、大道寺玄蕃、横井孫右衛門、山澄右近、石河佐渡守、下條庄右衛門、成瀬主殿頭、鈴木丹後守の人達が、軍太夫在籍中、剣術、蘭学で藩の人材育成に貢献したこと、また江戸攻めに際しては、小銃、大砲《おおづつ》など新兵器を尾張藩のために並々ならぬ努力により入手してくれたこと等々、あらためて故人赤松軍太夫が藩のために尽力してくれたことに対して一様に誉めたたえた。

（完）

赤松軍太夫の霊よ安らかに

著者プロフィール

今 東紅（こん とうこう）

本名・今 武雄（こん たけお）
1919年７月生まれ。
著書に「米倉金衛エ門長政」（文芸社刊）がある。
福井県在住。

小説 幕末の剣豪 赤松軍太夫

2003年２月15日 初版第１刷発行

著 者 今 東紅
発行者 瓜谷 綱延
発行所 株式会社文芸社
〒160-0022 東京都新宿区新宿１－10－１
電話 03-5369-3060（編集）
03-5369-2299（販売）
振替 00190-8-728265

印刷所 株式会社エーヴィスシステムズ

ISBN4-8355-5107-9 C0093